경수

홍세화

2024. 4. 15

어떤 어른이 되어야 하냐고
묻는 그대에게

어떤 어른이 되어야 하냐고
묻는 그대에게

1판 1쇄 발행 2023년 9월 8일
개정판 1판 1쇄 발행 2024년 4월 18일
개정판 1판 3쇄 발행 2024년 10월 31일

엮은이 김민섭
펴낸이 김민섭
편집자 유나
펴낸곳 도서출판 정미소

출판등록 2018.11.6. 제2018-000297호
주소 서울특별시 마포구 성산동 218번지 402호
이메일 xmasnight@daum.net

ISBN 979-11-985182-1-7 03810

정미소는 한 세계를 깨뜨리고자 하는
모든 개인의 고백을 응원합니다.

어떤 어른이 되어야 하냐고
묻는 그대에게

홍세화·이원재 대담집
김민섭 엮음

정미소

이 책은 홍세화 선생님을 추모하기 위해, 2023년에 출간한《교사는 어떤 어른이 되어야 하나요》라는 책을 다시 구성한 것입니다. 제가 아는 가장 소년 같았던, 수줍은 미소를 잘 지었던, 누구보다도 겸손했던 한 어른의 명복을 빕니다.

수줍고 겸손했던 어른,
홍세화 선생님을 추모하며

2024년 4월 17일 아침, 홍세화 선생님을 간호하던 친구에게 전화가 왔습니다. 언제나 쾌활함을 잃지 않던 그의 우는 목소리를 처음 들었습니다. 이제 임박하신 것 같다고. 그날 저녁, 선생님의 빈소를 찾았을 때, 그는 상주에게 저를 이렇게 소개했습니다. "홍세화 선생님의 마지막 유언을 받은 사람입니다."라고.

선생님의 빈소에서는 이상하게도 눈물이 나지 않았습니다. 그날 이후 저에게는 하나의 역할이 생겼습니다. 선생님께서 마지막 순간에 이르러 저에게 전해 주신 그 삶의 태도를 지켜나가겠다는 것과 조금이라도 더 많은 사람에게 전하겠다는 것.

홍세화 선생님을 처음 뵌 건 아버지의 서재에서였습니다. 나의 아버지는 퇴근하고 나면 자신의 방에서 늘 무언가를 읽었습니다. 언젠가 그의 책상 위에서 그가 읽던 《나는 빠리의 택시운전사》라는 책을 보았고, 몇 페이지 읽다가 곧 그만두었습니다. 초등학생인 제가 이해할 수 있을 만한 책은 아니었을 것입니다. 아버지가 "그 사람 훌륭한 사람이야."라고 했던 것 같기도 하고 아닌 것 같기도 하고, 그건 제대로 된 기억 속엔 없습니다. 어쩌면 그랬다고 믿고 싶은지도 모르겠습니다.

홍세화 선생님은 제가 쓴 《대리사회》라는 책에 추천사를 써 주었습니다. 남민전 사건 이후 파리에 망명한 그가 찾은 직업이 택시기사였고, 대학에서 나와 제가 찾은 일이 대리기사였으니까, 서로의 삶이 시간과 공간을 넘어 제법 어울렸던 것 같습니다. 그는 저의 부탁을 외면하지 않았고 그와의 인연은 그때부터 시작되었습니다. 그는 제가 일산의 자택으로 고기를 들고 친구들과 찾아가면 함께 구워 먹었습니다. 좋은 와인이 있다며 내어 오기도 했고, 누구에게도 해가 되지 않을 이야기를 오래 나누었고, 음식을 다 먹고 나면 항상 직접 설거지를 하려 해서 우리가 제발 저희가 하겠다고 잡아끌어야 했습니다. 그는 나이와 관계없이 그 공간의 모두를 존중했습니다. 실로 그러했습니다.

　　삼겹살을 들고 처음 일산의 자택에 있는 그를 찾았을 때, 대한민국의 광장엔 사람들이 아주 많았습니다. 이른바 국정농단, 촛불시위, 대통령탄핵. 많은 사람들이 촛불을 들었고 입이 있는 모두가 그에 대해 한 마디를 보냈습니다. 우리도 출간에 대한 축하와 이런저런 농담들을 주고받다가 어느 순간 거기로 화제가 옮겨졌습니다. 그리고 함께 찾은 젊은 몇몇이 선생님의 말을 기대하며 그를 보던 그때, 그의 첫 마디는 그동안 누구에게도 듣지 못한

9

것이었습니다. "내가 미안하다는 말을 먼저해야겠어요. 저 같은 나이 많은 사람들이 제대로 아무것도 하지 못해서 오늘 같은 날이 오게 된 거예요. 젊은 당신들에게 참 많이 미안해요." 그때 짧은 침묵이 내려앉았고, 곧 모두가 선생 님 그렇지 않아요 사과하지 마세요, 라는 말을 했으나, 곧 우리는 그에게 고맙습니다, 하고 답했습니다. 대통령도 사 과하지 않았고, 탄핵을 주도한 사람들도 사과하지 않았고, 그 어떤 어른도 우리에게 사과한 일이 없었습니다. 모두가 누군가를 찾아 악마화하고 비난하기에 바빴던 그때 홍세 화 선생님은 제게 유일한 어른이었습니다.

홍세화 선생님은 말이 많은 편이 아니었습니다. 식사 자리에서 젊은 사람들의 말이 오가는 모습을 지켜 보며 수줍게 웃고 있는 일이 많았습니다. 왜 그런지, '수줍 다'라는 표현이 그처럼 어울리는 사람을 별로 보지 못했 습니다. 제가 기억하는 그는 언제나 소년의 얼굴이었습니다. 많은 사람들이 자신의 얼굴을 잃어갑니다. 정치를 하든 사업을 하든, 소년의 얼굴로 시작한 이들이 왜 저런 얼굴을 하게 되었나, 하고 실망하게 되는 일이 많습니다. 그러나 홍세화 선생님은 그 얼굴을 지켜나갔습니다. 그게 어떻게 가능했을지, 얼마나 힘든 일이었을지, 저는 알 수 없습니다.

　　홍세화 선생님이 작고하기 3일 전, 간병하던 친구에게 연락이 왔습니다. 민섭아, 선생님과 대화할 수 있는 마지막이 될지도 모르니까 네가 와 주었으면 좋겠다. 선생님은 암으로 투병 중이었습니다. 병원의 입구에서 친구와 만나 3층의 입원실로 갔을 때, 그는 화장실에 있었습니다. 주무시다가 깼고 간병하던 사람이 보이지 않아 혼자 화장실로 갔다고 했습니다. 저의 친구는 익숙하다는 듯 그가 입었던 옷을 세탁할 통에 넣고 새 옷을 내어주었습니다.

선생님의 첫 마디는 흉한 모습을 보여서 미안해요, 라는 것이었습니다. 그가 옷을 갈아입고 병실의 쇼파에 앉는 데는 꽤 오랜 시간이 걸렸습니다. 안고 서는 것도 이미 힘겨워진 상태였습니다. 저는 그의 옆에 앉아 함께 작은 사과주스를 하나 꺼내어 먹었습니다. 그의 곁에 앉아 술을 마시던 게 불과 1년이 되지 않았습니다.

2023년 4월, 제가 강릉에 작은 서점을 열었다는 소식을 들은 그에게 연락이 왔습니다. "김민섭 선생, 서점을 열었다는데 강릉에 축하하러 한 번 가고 싶어요."라고. 저는 그때 그의 건강이 일시적으로 나빠진 것이고 곧 회복하리라 믿었습니다. 저뿐 아니라 모두가 그랬습니다. 그래서 오시는 김에 작은 북토크라도 함께해 주세요, 하고 제안했던 것입니다. 강릉의 모루도서관 강당을 빌려 "교사는 어떤 어른이 되어야 하나요"라는 대담을 진행했습니다. 선생님은 건강한 모습으로, 언제나의 수줍고 유쾌한 모습으로, 그날 행사에 온 사람들과 만났습니다. 그러나 그가 어떠한 마음으로 강릉에 왔을지, 저는 짐작하기 어렵습니다. 그때도 분명 몸이 편치 않았을 텐데, 젊은 사람의 부탁을 외면하지 않았습니다. 제가 아는 그는 그런 사람이었습니다. '당신의 길에 나의 이름이 필요하거든, 나의 얼굴이 필요하거든, 얼마든지 가져다 쓰세요. 보상이나 대가는 필요하지 않습니다. 그저 당신이 선한 마음으로 연대하며 살아가는 모습을 보는 것으로 충분합니다.'

첫 번째 문병을 갔을 때 선생님을 간호하던 친구에게 돼지갈비를 사 주었습니다. 고생이 많아, 고마워, 라는 말과 함께. 그러면서 그에게 물었습니다. 그런데 선생님은 왜 나를 좋아하시는 거야, 하고. 그때 그는 답했습니다. "선생님이 젊은 사람들을 많이 도와주었어. 내가 필요하면 어디에든 가져다 쓰라는 것처럼 보였지. 그런데 그 도움을 받은 사람들 중 선생님께 도움을 받았고 덕분에 잘되었다고 계속 말해 준 사람이 내가 알기로는 너 하나야. 선생님이 많이 고마워하신다. 그리고 나도 너에게 고맙다." 저도 선생님의 이름에 기댔던 몇 가지 일들이 있습니다. 그 일들의 잘됨과 안됨을 떠나, 그는 그 어떤 보상이나 대가를 바라는 일이 없었습니다. 덕분에 잘되었다고 하면 다행이라며 수줍게 웃어 보이는 게 전부였습니다.

병실에서 제 곁에 앉아 있던 그는, 이제 좀 누워야겠어, 라며 천천히 일어섰습니다. 잠시 앉아 있는 것도 그에겐 힘든 일이었습니다. 일부러 사과주스를 천천히 마시던 저는 일어나 그가 침대에 눕는 것을 도왔습니다. 이제 돌아가야 했습니다. 그러나 그에게 꼭 묻고 싶은 게 있어서, 왠지 그가 지금 잠들기 전 꼭 물어야 할 것 같아서, 그에게 물었습니다.

"선생님, 제가 누구에게도 물은 일이 없지만, 선생님께는 꼭 여쭙고 싶습니다. 사람은 어떻게 살아야 합니까. 저는 어떻게 살아야 할까요. 한 문장, 아니 한 단어로 말씀해 주셔도 좋아요." 그는 길게 답하기 힘든 상태였지만, 숨을 한 번 들이쉬고는, 정갈하고 힘 있는 목소리로 답해 주었습니다. "그건, 하나도 어렵지 않아요. 나는, 겸손이라고 (생각해요)." 똘레랑스, 유럽식 관용과 배려라는 그 단어를 알리며 다시 한국으로 돌아온 그가, 삶의 마지막 순간에 이르러 저에게/우리에게 전한 단어는 '겸손'이었습니다. 그 말을 듣고 곁에서 오래 눈을 감았습니다. 그러지 않으면 애써 참아온 눈물이 쏟아질 것 같아서였습니다.

제가 아는 홍세화 선생님은 그렇게 살아온 사람이었습니다. 자신의 명성을 이용해 이룰 수 있는 게 많이 있었겠으나, 그는 유혹에 흔들리지 않으며, 자신이 옳다고 여기는 삶의 방식과 태도를 지켜나갔습니다. 제가 알기로 그가 마지막까지 했던 일은 난민보호소의 인권이 잘 지켜지고 있는지 직접 찾아가 살피고 인터뷰하는 것이었습니다. 그걸, 누가 알아준다고. 그러니까 그는 변하지 않는 사람이었습니다. 강릉에 그가 왔을 때, 지금 그를 간병하고 있는 친구가 제게 말했습니다. 아유 선생님 말씀 다 똑같은데 난 안 듣고 좀 나가 있을까 싶다. 내가 그에게 야, 이, 그러면 안 되지, 라고 하자, 그는 다시 웃으며 말했습니다. 민섭아, 저 사람은 변하지 않아, 그런데 그게 얼마나 힘든 일인지 저 사람을 좋아하고 존경하는 사람들은 다 알아, 선생님이 변하지 않으리란 걸 믿기 때문에 우린 그 옆에 있는 거야. 그동안 제가 아는 많은 사람들이 변했습니다. 자신은 변하지 않겠다고 선언한 사람도 변했고 역설적으로 끊임없이 변화하겠다 선언한 사람은 퇴행했습니다. 그러나 그는 자기 삶의 좌표를 끊임없이 지켜나갔고, 그래서 주변 사람들이 "저도 같이 할게요 선생님." 하고 같은 방향을 보도록 만들었습니다.

선생님의 앞에서 한참 눈을 감고 있었습니다. 그렇게 살겠습니다, 하고 답하고 싶은데, 그러면 울음이 터져 나올 것만 같아 아무 말도 할 수 없었습니다. 친구가 "민섭이랑 좀 나갔다 오겠습니다."라고 해서 밖으로 나갔습니다. 네가 울 것 같아서 데리고 나왔어. 밖에서 울고, 다시 병실로 들어가서, 선생님 저 그렇게 살겠습니다, 하고 간신히 울음을 참고 말씀드리고, 다시 오겠다는 말을 남기고 선생님과 작별했습니다.

수줍은 소년의 얼굴을 한, 단 한 순간도 변한 일이 없는, 내가 아는 가장 좋은 어른을 이제 보냅니다. 그의 삶의 좌표는 너무나 명확했고, 그는 삶의 마지막에 이르러 건넨 하나의 단어로 자신의 모든 것을 남겨 두었습니다. 그러나 그에게 선생님, 정말 멋있었어요, 저도 그렇게 살기 위해 노력하겠습니다, 하고 웃으며 술 한 잔 나누고 싶은 것입니다. 그럴 수 없음이 무척 서글픕니다.

이 책은 작년 그와 함께 했던 "교사는 어떤 어른이 되어야 하나요"라는 대담을 정리한 것입니다. 굳이 교사라는 특정 직업이 들어갔던 것은 대담에 참여한 저의 가장 친한 친구의 직업이 교사이기 때문이었고, 사실은 "우리는 어떤 어른이 되어야 합니까?"라고 묻고 싶었던 것입니다. 그리고 선생님은 그에 화답했습니다. 선생님은 언제나 말했습니다. 소유에서 관계로, 성장에서 성숙으로 가야 한다고. 그리고 그 과정에서 우리는 신민이나 고객이 아닌 시민이 되어야 한다고.

홍세화 선생님의 마지막 문병을 다녀온 날, 친구에게 말했습니다. 선생님께 겸손이라는 단어 하나만 직접 받아줄 수 있겠느냐고. 몇 시간 후 그에게 한 장의 사진이 왔습니다. "겸손, 홍세화. 2024년 4월 15일." 그리고 2일 후, 선생님의 부고를 받았습니다.

이 책은 선생님께 보내는 김민섭의, 이원재의, 그리고 제가 아는 모두의 추모입니다. 저는 평생 선생님께서 남긴 겸손이라는 단어를 붙잡고 살아가겠습니다. 제가 간직해 온 다정이라는 단어 곁에 겸손을 두겠습니다.

홍세화 선생님의 명복을 빕니다.

김민섭

좋은 어른은 누구인가. 이 물음에 곧바로 좋은 어른이 희귀종이 돼가는 세상을 떠올릴 만큼 나는 비관적인 사람이다. 실제로 세상은 나로 하여금 좋은 어른은커녕 인간은 되지 못하더라도 괴물은 되지 말자는 말을 되씹게 했다.

칸트는 〈'계몽이란 무엇인가'라는 물음에 답함〉이란 짧은 글에서 계몽을 예속상태를 극복하고 자신을 스스로의 주인으로 만들어가는 자율적 주체형성의 과정이라고 했다. 오늘 한국 사회 구성원은 계몽이란 말 앞에서 "내가 계몽 대상?"이라고 반응하면서 외면하고 어떤 이는 화를 내기도 할 것이다. 나는 이 소책자에서 우리는 신민

에서 시민이 되지 못한 채 고객이 됐다고 말했다. 고객에
겐 구매력이 유일한 가치다. 부자되세요! 아무리 돈이 좋
아도 돈의 주인이 되어야 하지만 돈의 노예되기를 마다하
지 않는다. 오직 구매력의 크기로 사람을 평가하고 재단
한다. 교육은 그것을 극대화하기 위한 무한경쟁 그 이상도
이하도 아니다. 다른 준거는 아무것도 존재하지 않는다.

　　유럽의 그랑 부르주아는 자식에게 기숙학교에서
엄격한 교육을 받도록 했고 조선의 사대부도 자식 교육을
오늘의 가진 자들처럼 하진 않았다. 서이초 교사의 자살.
너무나 애달프다는 말로도 추모한다는 말로도 이 불온한
서생의 분노는 수그러들지 않는다. 권력을 가진, 또는 권
력을 가졌다고 믿는 고객의 횡포가 아니면 무엇으로 설명
할 수 있을까.

　　교권과 학생 인권이 제로섬 관계인 양 몰아가는
것은 이 엄중한 권력관계를 숨기려는 권력자들의 술수에

지나지 않는다. 나와 대화를 나눈 이원재 선생님에겐 복무하는 지역의 성격상 자본 권력이나 정치권력을 가진 고객과 부딪힐 일은 거의 없을 것이다. 하지만 교사는 어떤 어른이어야 하는가? 이 물음에 대한 답변은 이미 분명히 드러난 게 아닐까. 무엇보다 근본에 충실해지는 것이다. 학생들을 민주공화국의 구성원, 민주시민이 되도록 하는 것! 민주시민성은 주체성, 비판성, 연대성으로 구성된다. 학생들을 칸트가 말했듯 자율적 주체가 되도록 하며 그어떤 권력에도 자발적으로 복종하지 않도록 비판력을 갖도록 하며 서로 연대하도록 이끌어가는 것, 그 단초를 나는 이원재 선생님에게서 이미 충분히 보았다고 말할 수 있다.

홍세화

차례

PART 1.

체육복을 입고

학교에 오는 아이들

만남의 시작은
학생들의 표정과 옷차림을
읽어내는 데서부터

김민섭   안녕하세요. 오늘의 북토크를 진행할 김민섭입니다. 찾아와 주신 여러분께 감사의 인사를 드립니다. 먼저 홍세화 선생님을 소개하겠습니다.

홍세화   안녕하세요. 반갑습니다. 홍세화입니다. 강릉의 도서관에서 이런 의미 있는 만남의 자리를 갖게 돼서 대단히 기쁩니다.

김민섭   《체육복을 입는 마음》의 저자 이원재 선생님께도 인사 부탁드리겠습니다.

이원재   네 안녕하세요. 저는 강원도 정선의 정선고등학교에서 국어 교사이자 학생부장으로 근무하고 있는 교사 이원재라고 하고요. '체육복을 입는 마음'이 아니고 '체육복을 읽는 아침'이라는 책을 썼습니다. 제목을 잘 지었다고 생각했는데 표지를 언뜻 보신 분들이 '제육볶음을 먹는 아침'이라고 하시기도 하고 출판사 사장님도 헷갈려하시니 잘한 건가 싶습니다. 아무튼, 비도 오는 와중에 이렇게 귀한 시간 내 주신 청중 여러분께 감사드립니다.

김민섭   아, 《체육복을 읽는 아침》이었지요. 제가 만들고도 제목이 항상 틀려 죄송합니다. 오늘 자리는 '교사는 어떤 어른이 되어야 하나요?'라는 질문에 답하기 위한 것입니다. 이원재 선생님과 책을 만들면서 많이 했던 생각입니다. 교사라는 자리를 '우리'로 바꾸어도 될 것 같긴 합니다만. 사실 홍세화 선생님께 '우리가 어떤 어른이 되어야 하는가'에 대해 여쭙고 싶은 이유가 있습니다.

홍세화 선생님과의 인연은 몇 년 전에 제가 '대리사회'라는 책을 썼을 때부터입니다. 《대리사회》는 제가 대리운전을 하면서 바라본 한국 사회의 모습을 담은 책입니다. 대리운전을 꽤 오랫동안 했고 사실 지금도 많이 하고 있습니다. 강릉에서 서울 갈 때 KTX 타면 비싸잖아요. 강릉에서 서울 가는 대리운전 콜을 잡고 가면 돈도 벌 수 있어서 그렇게 이동하고 있습니다. 이 책의 추천사를 어느 분께 부탁드릴까 고민을 좀 하다가 가장 유명한 택시 운전사가 한 명 떠오르더라고요. 그래서 전혀 모르는 사이였는데도 불구하고 제가 불쑥 이메일을 드렸는데, 흔쾌히 응해 주셨고 추천사도 너무 잘 써주셔서 책이 출간된 후에 제가 인사를 드리러 갔습니다. 자택에서 선생님이 고기를 구워주셨어요. 몸 둘 바를 모르겠어서 제가 굽는다고 말씀드렸는데도 이런 것은 주인이 하는 일이다, 하고 맛있게 구워주셨습니다.

그때가 최순실 씨의 국정농단이 있던 때고 모두

가 촛불을 들던 때였습니다. 모두가 모이면 그 얘기만 하던 때이기도 했죠. 그들이 얼마나 나쁜 사람들인가 그런 이야기를 참 많이 하던 때였는데, 저희도 그 화제가 안 나올 수가 없잖아요. 그런데 선생님께서 저에게 하셨던 말씀이 뭐였냐면 먼저 좀 자네에게 미안하다고 사과를 하고 싶다, 라고 하시더라고요. 지금 이러한 세상을 만드는 데 있어서 내가 아무것도 하지 못했고 그런 기성세대들이 반성과 사과를 먼저 해야 하는 게 맞다고 생각한다. 그래서 정말 미안하다고 하시는데 제가 아는 모든 어른들이 그들이 얼마나 나쁜지에 대해서 그리고 얼마나 자신이 정의로운지에 대해서만 얘기할 때 사과를 해 주신 유일한 어른이셨습니다. 그때 느꼈습니다. '이런 사람이 어른이구나. 이런 사람을 어른이라고 불러야겠구나.'라는 것을요. 그때부터 제게 홍세화 선생님은 가장 존경하는 어른이십니다. 오늘 이 자리에도 또 추천사를 부탁드렸을 때처럼 흔쾌히 와주셨습니다. 선생님 감사해요.

홍세화   네, 저도 감사합니다.

김민섭   그리고 이원재 선생님은 요즘 기분이 어떻습니까? 얼마 전 《체육복을 읽는 아침》을 다룬 경향신문 기사가 포털 사이트 메인에 오르면서 100만 뷰가 넘게 나오고 그랬는데, 책을 내고 삶이 좀 바뀐 게 있습니까?

이원재   일단은 제가 앉으려고 했던 자리가 홍세화 선생님께서 앉으신 저 자리였는데 이리로 바뀌었네요. 제가 써 온 북토크 예상 대본이 저기 있어서. 저걸 좀 가지러…

김민섭   아니 뭐 이런 걸 다 준비했어요.

이원재   20년 전부터 존경해오던 홍세화 선생님과 이렇게 북토크를 하게 되니 긴장이 안 될 리가 있겠습니까. 그래서 대본을 써 왔는데요. 근데 이 이야기를 하기에 앞서서 청중 여러분들께 사과의 말씀을 드릴 게 한 가지 있습니

다. 제가 올해 나이가 마흔이 됐거든요. 마흔이 됐는데

김민섭   네.

이원재   자꾸 이 출판사 사장님이 어디 소개할 때 30대 학생부장이라고 자꾸 그러셔서.

김민섭   아직 만으로 30대 아닙니까.

이원재   네, 그래서 한 살이라도 어려 보이려고 좀 쨍한 파란색 재킷을 입고 왔습니다. 《체육복을 읽는 아침》에는 당연히 제 생각이 들어갔습니다만, 그것보다도 제가 만났던 아이들이 세상에 들려주고 싶었던 이야기들이 책을 빌려 활자화돼서 나왔다고 생각합니다. 그 이야기들이 책으로 만들어져서 세상에 나온 순간 이후로는 제가 이 책을 어떻게 한다기보다는 책이 저를 경험해 보지 못한 세상으로 계속 데리고 다니고 있는 그런 느낌입니다. 마치, 유리

병 속에 편지를 담아서 바다에 띄워 보냈는데 그걸 여기 저기서 발견하고 그 사람들이 제게 다시 편지를 보내오는 느낌이랄까요. 이게 다 우리 출판사 사장님 덕분이지요.

김민섭 저는 이원재 선생의 책을 내서 요즘 무척 행복한데요. 책을 만드는 사람이 좋은 책을 만들면 그냥 배가 부르거든요. 책이 잘 팔리든 안 팔리든 그건 별로 상관이 없는데 잘 팔리기까지 하고 있어서 무척 행복한 요즘을 보내고 있고요. 음, 그런데 이 《체육복을 읽는 아침》이라는 제목을 보고 다들 체육 선생님이 지은 거냐 이런 얘기를 많이 하시더라고요. 이 제목에도 좀 사연이 있긴 한데요. 제목이 왜 이렇게 됐는지 그리고 이 책은 왜 쓰셨는지 직접 말씀해 주시면 좋겠습니다.

이원재 대본대로 잘 물어봐 주셔서 고맙습니다. 이 책은 제가 교사로 첫 발령을 받았을 때로부터 시작이 됐습니다. 제가 며칠 전에 통계를 찾아봤는데 전국에 계신 초중고 선생님들의 숫자가 50만 명이 넘더라고요. 근데 그중에서 자기가 가르치던 학생들을 본인보다 앞서서 하늘나라로 떠나보낸 그런 경험이 있으신 분들이 그렇게 흔치는 않을 것 같습니다. 그런 경험들을 하면서 아이들을 어떻게 대하고 만나야 하는가에 대한 근본적인 고민, 또는 어떤 교사로 살아가야 하느냐에 대한 고민 이런 것들이 함께하게 됐고 그런 에피소드와 단상들을 꾸준히 기록으로 남겨 왔습니다. 그러다가 한 2년쯤 전에 제가 근무하던 학교에 강연하러 오신 김민섭 작가님을 만나게 됐어요. 《당신이 잘 되면 좋겠습니다》를 읽고 정말 너무 좋더라고요. 제가 평소에 생각하던 것들이 활자화되어 있는 게 너무 신기할 정도였습니다. 그래서 처음에는 제가 막 들이댔어요. 친하게 지내자. 강연 끝나면 역까지 태워다 주겠다. 밥 먹자. 술도 먹자. 그렇게요.

김민섭 제가 아마 원주여고에 강의하러 갔을 때 그때 처음 뵀었죠?

이원재 맞습니다. 또 야구를 좋아하신다길래 더 좋았죠. 이런 북토크 자리에도 좋아하는 야구팀 저지를 입고 오시고 말이죠.

김민섭 말 안 하면 아무도 몰랐는데.

이원재 안타깝게도 이 팀이 팬이 많지 않죠. 하여튼 그랬는데요. 얼마 안 있어 실제로 술자리를 같이하다가 '요즘 아이들은 참 학교 다니는 게 편하겠다. 학교 올 때 아침에 교복도 안 입고 오고 선생님들하고도 이렇게 편하게 잘 지내고.' 그러길래 제가 한 가지 질문을 드렸던 게, '아이들이 왜 체육복을 입고 오는 줄 아느냐.'였습니다. 당시에 제가 근무하던 학교가 여고였는데 아무래도 여학생들이니까 아이들이 교복을 깔끔하게 입고 싶어 해요. 근데 여기 청중분들 중에서도 어머님들이신 분들은 더 잘 아실 수도 있으시겠습니다만, 애들 교복을 깔끔하게 입혀서 학교를 보내려면 그걸 빨아 가지고 널고 말리고 다려야 하니 꽤 손이 많이 가는 일입니다. 그러지 않으면 애들이 사실 그거 입기가 좀 곤란하죠. 특히 블라우스 같은 경우는 더 그렇고요. 후줄근하고 때 타고 요런 교복을 입고 학교에 가느니, 그런 모습을 내가 좋아하는 선생님이나 친구들에게 보이느니, 차라리 체육복을 입고 혹은 사복을 입고 학교를 가야지 이렇게 생각하는 친구들이 있습니다. 그런 친구들은 사실 좀 뭐랄까요, 다른 친구들보다 마음이 좀 더 쓰이죠. 딸과 아들을 키우는 아빠가 되어 보니 더 그렇게 되더라고요.

그런 면에서 보면 잘 정비된 교복이란 좀 상징적인 부분이 있는 거죠. 내 앞에 서 있는 아이들이 왜 돌봄의 상징인 교복을 입고 오지 못할까에 대한 생각을 교사로서 해 봐야 되지 않나. 그런 문제의식을 담아 글을 썼고 그걸 술자리에서 얘길 했더니, 저희 출판사 사장님이 눈물이 굉장히 많으시거든요. 그 얘길 듣더니 '내가 당신의 이야기를 책으로 만들겠다. 그러니 빨리 글을 써내라.' 하셔서 이렇게 책이 뚝딱 나오게 됐습니다. 사실 경험을 글로 쓴 것이다 보니 삶으로 책을 썼다고 할 수 있을 텐데 그렇게 보면 책 한 권을 빚어내는데 10년이 넘게 걸린 셈이네요. 그래서 이 책을 한마디로 이야기한다면 '종유석' 같달까요. 아주 오랜 시간에 걸쳐 한 방울씩 물이 떨어져서 만들어진 그런 책이라고 말씀드리고 싶습니다.

김민섭 사실 저에게 책을 내달라고 하는 사람들이 무척 많습니다. 나의 이야기를 책으로 만들어 달라. 잘될 것이다. 그래서 이원재 선생이 저에게 처음 아이들의 얘기를 한번 책으로 써보고 싶어요, 라고 했을 때 저는 별 기대는 없었어요. 이렇게 얘기하고 쓰는 사람을 별로 못 봤거든요. 그런데 아이들이 왜 체육복을 입고 오는지 아느냐, 라는 그 질문에 교복이라는 건 보살핌의 상징이라고 스스로 답을 내는 걸 듣고, 제가 그때 같이 밥 먹다가 자세를 좀 고쳐 앉았습니다. 만약에 그러한 책을 써 온다면 나는 반드시 만들 것이란 마음을 먹었고 글을 달라고 했더니 반년 정도 걸려 제 앞에 툭 내어놓더라고요. 반년이라고 했지만 제게는 그리 길게 느껴지지 않았습니다. 모르긴 몰라도 이원재 선생 역시 약 10년 동안 자기 몸에 새겨져 있던 언어를 옮겨 적는 시간이 그리 길진 않았을 거라고 생각합니다.

오늘 그래서 그 책을 주제로 북토크를 하고 있고요, 홍세화 선생님께는 이 책을 얼마 전에 보내드려서 읽으셨는데 선생님께서 대표로 계신 '소박한 자유인'이라는 소모임 단톡방에 이렇게 말씀하셨더라고요. '모두가 이 책을 읽어라. 여기 오지 않더라도 모두가 읽어라.' 이렇게 말씀을 하셔서 책이 괜찮았나 이렇게 생각을 좀 했는데요. 선생님 혹시 이 책을 어떻게 읽으셨는지 말씀을 부탁드립니다.

홍세화 잘 읽었고요. 술술 잘 읽혀서 금세 읽었습니다. 제게 친화력을 느끼게 해준 책이었어요. 이를테면 가슴을 적신다는 표현이 딱 어울리는 그런 책이었지요. 한국의 선생님들이 학교 현장에서 여러 모로 어렵잖아요. 어려움

속에서 학생들과 만나고 소통하고 교육하는 일만으로도 하루 24시간이 짧을 텐데 국가주의 교육이 아직 남아 온갖 잡무에 시달리고 있는 상황이잖아요. 실제로 번아웃을 경험한 얘기도 책에 담겨 있는데 책을 읽으면서 저자가 지쳐서 포기하지 않을까, 라는 안타까운 심정이 끝내 가실 수 없었어요. 저는 책 제목에 담겨 있는 "체육복"이 갖는 의미도 중요하게 다가왔는데 "읽는다"는 표현도 참 좋았습니다. "아침마다 학생을 살펴본다"는 뜻에서요. 학부모가 자식의 말을 경청해야 하듯이 교사는 학생의 말을 경청해야 하는데, 학생이 선생님에게 먼저 말을 걸기가 쉽지 않은 게 우리 현실입니다. 그러니까 교사가 먼저 학생의 표정과 옷차림을 읽어야 한다, 그래야 학생과 교사 사이에 참된 만남이 시작된다, 그렇게 책 제목은 말하는 듯했어요. 그러면서 학생들의 이름을 모두 외우려고 노력한다든지, 아침마다 배고픈 학생이 없게 하려고 한다든지 하는 모색과 시도, 실천하는 교사의 모습을 읽으면서 이런 훌륭한 선생님을 만나는 학생들은 참 좋겠다, 생각했지요. 제 학창 시절에는 그런 경험이 없어서 더 그랬는지 모르겠습니다만, 제게 이 책은 제목만큼 내용도 좋았는데, 이 자리에서 책의 저자 이원재 선생님을 동시대인으로 직접 만나니 행복한 느낌을 갖게 되네요.

김민섭 감사합니다. 이원재 선생님, 홍세화 선생님의 말씀을 들어보시니 어떠신가요?

이원재 제가 아까 나이를 밝혔지만 대학교 학번이 03학번이거든요. 새내기로 대학에 들어갔을 때 3월에 읽었던 책이 《나는 파리의 택시 운전사》였습니다. 20년이 꼬박 지났죠. 지금 저는 사실 제가 무슨 말을 하고 있는지도 잘 느껴지지 않을 만큼 지금 이 자리에 앉아 있는 게 굉장히 꿈만 같습니다.

그런 것 같습니다. 20년 전에 제가 이런 자리가 있을 거라고 상상조차 못 했던 것처럼 교사들이 학교에서 아이들을 만나면서 그들의 진로와 같은 것에 대해 얘기를 많이 하지만 이 사회가 어떻게 바뀌어갈지는 아무도 모르지 않습니까? 결국은 아이들이 자기 앞길을 스스로 개척해 나가야 할 텐데 그럼 교사들은 미래를 속단하는 것이 아니라 학생들이 스스로 자기 앞길을 개척할 수 있게끔 용기를 북돋워 주고 스스로를 귀하게 여길 수 있게끔, 또 세상 앞에 당당히 설 수 있게끔 마음으로 도와줘야 한다고 생각합니다. 그래서 결국은 교사와 학생의 사이에서 가장 중요한 것은 관계와 환대 그리고 인정 이런 부분이라고 늘 생각해 왔습니다. 그렇기 때문에 아침에 굳이 하지 않아도 될, 예를 들면 등교하는 아이들에게 교문 앞에서 어묵 국물을 나누어 준다든가 하는 일들을 합니다. 하지만 그런 부분에서 저와 생각이 다른 분들을 만날 때 느끼는 외로움 비슷한 마음들이 있었는데 그 마음을 또 홍세화 선생님께서 다 읽어주신 것 같아서 제목을 참 잘 지었다는 생각이 들었습니다. 다시 한 번 말씀드리지만 체육복을 '읽는' 아침입니다.

PART 2.

아빠, 왜 프랑스 애들은
나를 때리지 않죠?

자베르는 장발장을
구속할 수 없었다

김민섭 홍세화 선생님도 이원재 선생님을 읽어주셨네요. '읽는다'라는 걸 그렇게까지 심각하게 생각하고 만든 건 아닌데 좋은 의미를 부여해 주셔서 큰 감사를 드립니다. 오늘 북토크의 주제가 '교사는 어떤 어른이 되어야 합니까'인데, 꼭 학교에만 국한 시켜 이야기를 나눌 일은 아닙니다만, 그래도 고등학교 현직 교사도 모셨고요, 홍세화 선생님께서도 한국 교육에 관심이 많으셔서 관련한 책도 여러 권 내신 걸로 알고 있습니다. 오늘 좀 편안하게 이런 저런 쟁점들로 이야기들을 좀 나눠보고 싶은데요.

홍세화 선생님 혹시 드라마 같은 거 종종 보십니까?

홍세화 거의 안 봅니다.

김민섭 혹시 넷플릭스라든지 웨이브라든지 이런 것도요?

홍세화 거의 본 게 없습니다.

김민섭 그럼 혹시 최근에 나온 〈더 글로리〉라는 드라마 혹시 아십니까?

홍세화 그런 작품이 있다고 신문에 난 걸 본 적은 있는 것 같습니다. 아마 학폭 문제를 다룬 모양이지요?

김민섭 네 맞습니다.

홍세화 학폭을 당한 피해자가 성인이 되어 가해자들에게 복수하는 과정을 그렸다는 걸 신문에서 보고 그런 프로그램이 있었구나, 하는 정도만 알고 있습니다. 말이 안 통해서 어떡하죠.

김민섭　아닙니다. 선생님 기대를 안 하고 여쭤봤기 때문에 전혀 그런 게 없습니다. (웃음) 그래도 이 드라마가 어떤 건지는 정도는 알고 계시리라 생각했고요. 제가 이 대담을 위해 선생님하고 잠시 통화했을 때, 선생님의 따님이 프랑스 유치원 아이들과 좀 놀다 들어와서 선생님께 여기 애들 좀 이상하다고 했다는 이야기를 들었거든요. 그 이야기를 좀 부탁드릴게요.

홍세화　제가 프랑스에 갔을 때가 1979년이었습니다. 아이들이 만 다섯 살과 두 살이었어요. 아내와 아이들이 저와 합류한 때가 마침 여름 바캉스 시즌이라 유치학교에 갈 때가 아니었지요. 환경이 완전히 바뀌었으니 아이들은 주눅이 들어서 아파트에서 꼼짝하지 않더니 일주일쯤 지나니 너무 심심해져서 빵 가게에 같이 간다든지 조금씩 행동반경이 넓어졌고 그러다가 마침내 다섯 살 딸 아이가 혼자 동네 공원에 진출하게 되었어요. 공원에 백인 아이도 있고 흑인 아이, 북아프리카 출신 아이도 있었는데, 한참을 놀다 집에 와서 제 엄마에게 했던 말이 지금도 잊혀지지 않습니다. "왜 여기 애들은 날 안 때려?" 한국도 지금은 주택단지 대신 아파트 단지가 많이 들어섰고 아이들 노는 환경도 많이 달라졌지만 그 때는 동네에 놀러 나가면 또래들과 치고받고 싸우는 게 일상이었거든요. 그러다 프랑스에 왔는데 말도 통하지 않는 아이들과 싸우지 않고 같이 놀 수 있었고 아무도 자기한테 손찌검을 하지 않는 것이 신기했던 겁니다. 다섯 살 딸 아이의 말에서 폭력에 대한 환경 차이가 있지 않나, 그런 생각이 들었지요. 사회나 학교 환경도 마찬가지일 터인데, 가령 영화와 같은 영상에 대해서도 프랑스에서는 폭력 장면이 많은 경우 18금인데 섹스 장면과 같은 남녀상열지사에는 그렇지 않은 데서 문화적 차이랄까 그런 점이 느껴지기도 했습니다.

그런데 이런 차이에 이른바 근대성과 관련된 문제가 중요하게 자리잡고 있다고 생각해요. 바로 몸의 자유와 관련된 것입니다. 몸의 자유라는 게, 17세기, 정확히는 1679년 영국에서 시작된 인신보호령, 소위 해비어스 코퍼스(habeas corpus)로부터 비롯되는데 바로 그것입니다. 우리 헌법을 보더라도 자유권은 신체의 자유, 저는 몸의 자유라는 말을 선호합니다만, 신체의 자유로부터 시작이 되지요. 그런 다음 사상의 자유, 양심의 자유, 출판, 결사의 자유 등 근대의 시민들 각자가 자기자신을 형성하기 위한 여러 자유가 제기됩니다. 요컨대 자기형성의 자유의 출발점이 몸의 자유, 신체의 자유인데 한국은 이 신체의 자유에 대한 신성함까지는 아니더라도 중요성에 대한 인식 자체가 부재하지 않은가 싶은 겁니다. 워낙 근대국가 형성과 관련하여 분단 상황 아래 학살과 고문이라는 엄청난 국가폭력이 자유의 이름으로 저질러진 역설의 땅이었으니까요. 학살과 고문은 신체의 자유의 가장 엄중한 한계인데, 이 행위를 국가가 앞장서서 거리낌없이 저지른 땅이었어요. 이와 같은 몸의 자유에 대한 인식은커녕 그것을 배반한 현대사가 골목뿐만 아니라 가정폭력, 학교폭력 등 사회 전반에도 영향을 미치지 않았나 생각되는 거예요. 얘기가 좀 길어졌는데 하나의 예로 말씀드릴 수 있는 게 여러분이 많이 읽거나 영화로 보신 〈레미제라블〉을 통해 이야기할 수 있습니다. 거기 보면 자베르 형사가 장발장을 잡으려고 혈안이 돼 있잖아요. 그런데 파리의 길에서 딱 마주쳤어요. 틀림없는 장발장이에요. 근데 체포하지 못합니다. 만에 하나 장발장이 아닌데 체포영장 없이 체포했다가는 자베르는 여지없이 파면되기 때문입니다. 몸의 자유를 침범하는 잘못을 저질렀으니까요. 1820년대 프랑스 모습인데 한국은 2백년이 지난 2020년대에나 비슷해졌을까요. 최근 들어 한국에서도 가정폭력, 학교폭력 등에 대한 문제점들이 강조되고 있고 상황이 조금씩 나아지고 있긴 하나 언어폭력은 SNS 등을 통해 확산되고 있지 않나 싶습니다.

김민섭 선생님 말씀을 들으면서 재미있었던 게, 학교의 폭력이라는 것과 국가의 폭력이라는 게 서로 비례할 수도 있겠다는 생각이 듭니다. 저도 80년대생인데 학교 가는 게 참 싫었던 것 중 하나가 때리는 힘센 아이들이 있고 맞는 약한 아이들도 있고, 그걸 보는 것이 어린 나이에도 무섭고 슬픈 일이었거든요. 제가 중학생이던 때 아버지에게 "나 고등학교 도저히 못 갈 것 같아." 이런 얘기를 했어요. 아버지가 왜냐고 물으셨겠죠. "거기 가면 선배들이 모아 놓고 때린대. 나 도저히 못 가겠어." 이랬더니 아버지가 그런 일은 아마 없을 것이고 있으면 "같은 학교 학생끼리 왜 때리냐" 이렇게 얘기를 하라고 해서 그냥 네, 하고 갔는데 다행히도 그렇게 걱정할 만한 일은 없었습니다만, 그런 걸 걱정해야 하는 어떤 시대에 학교를 다녔다는 거죠. 생각해보면 국가의 폭력이라는 게 물리적 방식으로 드러날 때 학교뿐만 아니라 우리 사회 어디에서든 그런 폭력들이 더 정당성을 부여받는 것은 아닌가, 하는 생각이 듭니다.

실제 현장에 계신 분의 말씀도 들어보고 싶은데

요. 저야 학교를 졸업한 지가 한참 됐으니까 요즘 학교는 어떤지도 좀 궁금하고, 요즘에도 학생들이 선배들이 때릴까 봐 학교 가기 무서워 이런 생각을 하는지도 궁금합니다. 현장의 이야기를 좀 해 주셔도 좋을 것 같습니다.

이원재 　요즘 학교에서 아이들한테 뭔가 이렇게 시켜놓고 아이들이 한 결과물을 놓고 '멋지다!' 이런 말을 하기가 조금 겁나졌어요. '더 글로리' 보셨죠? '멋지다~' 이다음에 뭐라고 하죠? 그 대사가 '멋지다 연진아~' 하고 비꼬는 거잖아요. (웃음) 사실 드라마가 히트 친 걸로 인해서 학교폭력에 대한 경각심이 사회적으로 높아진 것은 좋은 일입니다만, 오히려 이것이 더 큰 악영향을 미치는 부분도 있지 않은가 생각합니다. 앞선 두 분 선생님들의 말씀을 빌자면 '국가의 강제력이 법률의 탈을 쓰고 개인의 영역에까지 합법적으로 개입하기 시작했다 또는 더욱 강하게 개입하기 시작했다.'와 같이 표현할 수 있겠네요.

　　원래는 그렇잖아요. 여럿이 한 공간에서 어울려

지내다 보면, 애들끼리 싸울 수도 있잖아요. 싸울 수도 있는데 '학교폭력예방 및 대책에 관한 법률' 및 시행령에서는 거기에 담임교사가 임의로 화해시키려고 개입하면 곤란해요. 학생이 학교폭력 피해를 당한 걸 목격했다면 이건 법률에 의해서 절차대로 처리해야 되는 거죠. 옛날처럼 '야! 네가 먼저 때렸어? 화해해!' 이러는 게 표면적으로는 불가능합니다. 다시 말하면 갈등을 통해서 나와 그와의 관계 속에서 나의 위치를 재규정하는 과정을 거치면서 갈등을 해결해나가는 방법을 익혀야 되는데 그럴 만한 기회를 아예 법률적으로 거세한다는 뜻이라고도 볼 수 있습니다.

물론, 학부모님들은 걱정이 안 되실 수가 없겠습니다만 선배들이 불러서 때리거나 혹은 대놓고 돈을 뺏거나 눈에 띄게 괴롭히거나 이런 일들은 실제로 굉장히 많이 줄었습니다. 애들도 이제는 학폭으로 신고 당하면 내 인생이 상당히 고달파진다는 걸 거의 다 알아요. 그래서 드라마에서처럼 드러내놓고 그런 행동을 잘하지 못합니다. 하지만 SNS 혹은 인터넷에서 사이버 폭력 같은 사안은 반대로 많이 늘었습니다. 학교폭력이 현장에서 일어나는 양상들은 이렇게 변하고 있고요. 갈등이 백 퍼센트 안 일어날 순 없으니까 기왕에 일어난 일들은 어떻게 잘 해결하느냐가 중요할 텐데, 역설적이게도 해결을 복잡하게 만드는 것이 바로 강력한 처벌입니다.

입장을 바꿔놓고, 자녀가 학교폭력에 연루된 학부모가 되었다고 한번 상상을 해보시죠. 지난주에 당정협의회에서 학교폭력 가해자들에게 취업에 있어서까지 불이익을 주겠다. 이런 얘기들이 오갔습니다. 우리 아이가 요즘은 내신 성적뿐만 아니라 고등학교 생활기록부를 가지고 대학엘 간다고 하는데, 학교폭력을 저질렀다는 사실이 생기부에 기재가 된다. 그럼 그 내용을 자세히 모르는 사람도 당연히 좋은 쪽으로보다는 나쁜 쪽으로 결과에 영향을 미치리라고 쉽사리 생각하지 않겠습니까. 자연히 대학에서 우리 애를 뽑지 않을 거라고 생각을 하게 되시겠죠. 그러면, 법을 잘 알고 또 집안에 좀 재력이 있고 이런 분들은 학교폭력심의위원회에서 가해 학생으로 일정 처분을 받더라도 행정소송 또는 집행정지 가처분 신청 이런 것들을 통해서 시간을 끌죠. 그러다 보면 피해 학생이든 가해 학생이든 졸업은 하게 되고 그럼 학교폭력 사안은 없던 일이 됩니다. 그동안 피해 학생은 치유나 위로를 받지 못한 채 계속 고통받아야 하고요.

법원의 최종 판단이 나오기 전까지는 일단 무죄인 셈이니 가해 학생은 떳떳하게 살아가고 그 시간 동안 피해 학생은 계속 그 아이와 같은 시공간에 머물러야 합니다. 전학이나 퇴학을 당하지 않는 이상은요. 피해자 즉시 보호라든지 분리 조치와 같은 땜질식 처방이 있지만 현실적으로 무죄로 추정되는 아이의 학습권도 보장을 해줘야 하고 학교에선 그 분리를 위한 공간과 그것을 관리할 인력이 따로 없습니다. 그럼 결국 교사가 이 일을 해야 하는데 안 그래도 바쁜 학교에서 그 일까지 하게 되면 일손이 모자라고, 수업과 본연의 업무에 소홀해지고, 양질의 교육을 받아야 할 다른 아이들에게도 결국은 피해가 전가

됩니다.

그런데 말입니다. 제가 이렇게 말씀드리면 좀 오해를 살 수도 있겠습니다만 입장을 바꿔서 또 생각해보면, 가해 학생의 인생은 거기서 끝나야만 하는 걸까요?

그러니까 이런 상황에서 그들이 자신의 행위를 객관적으로 인지하고 그 의미에 관해 스스로 성찰해보고 서로 대화함으로써 관계를 새로 만들어나갈 수 있게끔, 그리고 그 공동체 안에서 아이들이 다시 실수를 만회할 수 있게끔 도울 수 있는 방법들을 법률로 막아놨기 때문에 선생님들 입장에서는 미치겠죠 아주. 그리고 이런 것들을 교사 양성과정에서 배워본 적이 없어요. 서류를 작성하는 방식이라든지, 회의록 기록의 방법이라든지 사실 혼자서 알기란 불가능하죠. 가끔 교육청에서 담당자들에게 연수를 한번 해 준다거나, 알음알음으로 선배들에게 또는 주위 선생님들께 귀동냥을 합니다. 어떨 때는 네이버가 더 도움이 되기도 하고요. 학폭 관련 조치를 무효화하는 소송에서 공격받는 부분이 행정적인 절차상의 실수가 가장 많은데 이에 대해 익숙지 않은 선생님들은 참 괴롭습니다. 안 그런 분들도 많으시지만 대체로 장학사님들도 이 학폭 업무가 굉장히 힘들고 기피하는 업무이기 때문에 많이 순환하셔서 업무 전문성이 떨어지는 경우도 많고요. 그러다 보니 학교에서 제일 기피하는 업무가 학생부에서도 특히 학교폭력 업무가 되었습니다. 저처럼 고작 경력이 13년차인 사람이 11년째 학생부에만 있다는 건 무언가 이상하지 않으십니까.

진짜 계속 그렇게 악질적으로 다른 사람 괴롭히는 그 드라마의 가해자 같은 아이들은 호되게 혼이 나고 책임도 져야죠. 적법한 절차에 의해서 대가를 치러야 하지만, 그 아이들도 그다음의 삶이 있고 또 그보다 좀 덜한 친구들은 그래도 자기 죗값을 치렀다면 다시 공동체 안에서 출발할 수 있는 기회를 줘야 되잖아요. 그에 앞서 피해를 당한 학생은 더 철저하게 보호해주고 그 마음을 어루만져주고 다시 용기 내서 살아갈 수 있게 도와줘야 하는데, 강력한 처벌이라는 것은 그 외의 다른 것을 모두 가려

버리는 효과가 있습니다. 요즘 정책의 방향에서는 그 부분보다는 법을 통해서 가해자의 씨를 말려버리겠다 약간 이런 느낌을 받습니다.

그런 상황 속에서 왜 서로를 화해하고 용서하도록 돕지 않을까 이런 현장의 고민들이 많이 있어 왔고 강원도 교육청에서는 그런 것들을 회복적 생활 교육이라고 칭하면서, 너무 심각한 사안이 아니면 학교장 주관 하에 학교 안에서 서로 화해하고 공동체를 회복할 수 있게끔 하는 그런 걸 제도적으로 갖춰 나가고 있는 중이긴 합니다. 이게 좀 확산이 되면 좋겠는데 언론에서 또는 대중매체에서 워낙 자극적으로 소식을 퍼나르고 이제는 정부에서조차 그렇게 가고 있지 않나 해서 심히 염려가 많이 됩니다. 그런 과정을 지켜보면서 홍세화 선생님께서 우리나라에 소개해 주셨던 관용 혹은 정확하게는 다름에 대한 인정 이런 개념으로 번역하게 되는 똘레랑스라는 것이 학교폭력을 바라보는 우리의 태도에 시사점을 줄 수 있지 않을까도 생각해 봅니다.

김민섭 요즘 보면 꼭 학교폭력 사안이 아니더라도 누군가가 무엇을 잘못했다고 하면 저 사람을 당장 단두대에 매달아라, 보는 사람에게 그렇게 분노와 증오를 증폭시키고 그것으로써 자신의 정의로움을 말하고자 하는 일들이 좀 더 많아지고 있는 것 같습니다.

그런데 학교폭력이라고 했을 때 어쨌든 학교에서 일어나는 일 아닙니까. 강력한 처벌 이런 것도 당연히 필요는 하겠지만 말씀하신 것처럼 아이들과의 공동체를 어떻게 회복할 수 있을지에 대한 고민도 함께 가야 되는데 너무나 증오를 부추기는 방식으로 우리 사회가 작동하고 있는 게 아닌가 하는 생각을 다른 일들을 보면서도 하고 있거든요. 근데 그런 것들이 학교까지 번진다, 라는 것은 많이 슬픕니다. 그리고 똘레랑스를 방금 언급하셨잖아요. 홍세화 선생님께서 한국에 처음으로 말씀하신 그 단어, 똘레랑스. 이원재 선생님이 관련해서 여쭤보고 싶은 게 좀 있다고 들었거든요.

이원재 말미에 말씀드렸던 것처럼 학교폭력을 바라보는 어느 지점에서 이 똘레랑스를 작동시킬 수 있을까 이런 게 궁금합니다. 학교폭력 사안 처리는 법으로 규정되어버린 절차의 측면이 있기 때문에 어떻게 보면 현행법을 어겨가면서 당장에 그렇게 하기는 어렵겠습니다만 말입니다.

홍세화 참 어려운 문제입니다. 저는 지금까지 기회가 있을 때마다 똘레랑스를 강조해왔습니다. 하지만 이 똘레랑스의 가치가 사회 안에서 뿌리내리는 게 쉽지 않습니다. 성찰이성이 성숙되어야 하기 때문입니다. 똘레랑스를 풀어서 차이를 존중하라, 차이를 차별이나, 혐오, 억압 또는 배제의 근거로 삼지 말라는 성찰이성의 소리라고 말할 수 있는데, 한국 사회가 성찰이성이 성숙된 사회라고 하기엔 갈 길이 한참 멀다는 걸 부인할 수 없습니다. 세상 사람이 다 달라서 차이를 존중하면 모든 사회구성원이 존중받을 수 있을 텐데 그렇기는커녕 차별, 혐오, 억압, 배제가 곳곳에서 횡행하고 있습니다. 똘레랑스의 가치가 결여

되어 있는 만큼 온유함과 섬세함도 사라지고 있는 사회라고 말하고 싶어요. 온유함과 섬세함이 없으니까 갈등이나 문제가 생길 때 이걸 단순화, 극단화하는 경향이 있습니다. 인간은 본디 몹시 복잡한 존재인데 말입니다. 저는 이런 모습을 양극화된 정치의 사회적 현상으로 보기도 합니다. 가령 근본을 따져 묻는 것을 영어로 라디칼(radical)이라고 쓰는데 한국에서는 이것이 극단적(extreme)이 돼요. "radi"가 어원상 "뿌리"를 뜻하므로 radical은 근본을 캐는 정신자세랄까 그런 것인데 이런 것이 한국에서는 찾기 어렵고 거의 극단적으로 치닫습니다. 한국사회는 이미 설득하기보다 선동하기가 더 쉬운 사회가 되었어요. 지금 정치 현실도 그렇고 학교폭력 문제에 대해서도 섬세함, 온유함의 바탕에서 근본을 따져 묻지 않고 단순, 극단화해 그저 법에 기대어 강력한 처벌을 요구하는 식의 작용-반작용의 사회가 돼버린 것 같아요. 인간은 복잡한 존재인데 사회가 무척 단순화의 길을 가니 그 사회에 너무나 많은 사람들이 치어버리는 형국이라고 할까요?

어떻게 우리 사회가 이 지경이 됐을까 생각해보게 되는데요. 제가 이 말을 자주 합니다만 벌써 2천여 년 전에 맹자님이 말씀하신 4단7정의 4단이 인간의 본성 내지 조건이잖아요. 그 네 가지가 측은지심, 수오지심, 사양지심, 시비지심입니다. 즉 불쌍히 여길 줄 아는 마음, 스스로 부끄러워할 줄 아는 마음, 양보할 줄 아는 마음, 그리고 옳고 옳지 않은 것을 구분하는 마음인데 잠시 돌이켜보면 이 네 가지가 한국 사회에서 다 사라지고 있지 않나요? 심지어 단식농성하는 세월호 가족들 옆에서 폭식 행위를 벌이는 이런 사람들을 봐야 하는 지경입니다. 부자 되세요! 지금 한국 사회를 지배하는 지상 최고의 가치는 구매력입니다. 인간의 본성이라고 맹자님이 2천여 년 전에 말씀하신 것들이 구매력 앞에서 실종되거나 희미해져 버렸어요. 인간에 대한 깊은 이해 대신 강력한 처벌을 주장하게 된 것도 그 방증의 하나가 아닌가 합니다.

김민섭   두 선생님의 말을 듣는 동안 생각난 게 있습니다.

언젠가부터 사과하면 지는 게 된 것 같아요. 어느 시대에나 그러기야 했겠지만 요즘 들어서 누군가에게 미안해 내가 잘못했어, 라는 말을 들어본 기억이 별로 없습니다. 저도 많이 하고 사느냐라고 하면 그런 것 같지는 않고요. 그런데 아이들이 어릴 때 많이 보는 뽀로로 같은 만화들이 있잖아요. 그런 걸 제 아이들 옆에서 같이 많이 봤습니다. 애들이 뭘 보고 있나 궁금하기도 했고요. 근데 뽀로로 보면서 너무 좋았던 게 내가 잘못했어 미안해, 라는 말이 정말 많이 나오거든요. 그래서 아이들이 그걸 보는 게 참 좋았습니다. 어떤 사람들은 사과하는 것은 지는 거야. 함부로 사과하면 안 돼. 네가 책임을 져야 되거든. 이런 말을 하기도 하지만 저는 아이들에게 많이 사과하라고 평소에 이야기를 많이 하고 있어요. 저도 잘못한 것 같으면 빨리 사과하려 노력합니다. 사실 사과하는 사람이 정말 힘센 사람이라고 생각하니까요. 사과할 수 있다는 건 참 지금 시대에는 더 큰 용기가 필요한 일이라서 그런 것 같습니다. 그래서 저는 유치원이든 초중등이든 학교 교육에서 사과하는 연습을 좀 많이 시켜주시면 지금 말씀하신 똘레랑스의 실천이라든지 학교폭력의 부작용이라든지 하는 것들도 조금은 더 근본적으로 줄어들 수 있지 않을까 그리고 사회적인 폭력들도 줄어드는 데 영향을 줄 수 있지 않을까 하는 생각을 개인적으로 해 봅니다.

PART 3.

잘 모르겠어요

왜 그렇게까지 해야 하는지

신민에서 시민이 되지 못한 채
고객이 되어 버리다

<u>김민섭</u>   학교폭력 사안으로만 내내 이야기를 할 수 있을 것도 같지만 나눠야 할 이야기가 많으니 화제를 좀 전환해 보겠습니다. 당면한 현행 입시 제도 자체도 하나의 폭력이라고 생각합니다. 공부할 게 아주 많지 않습니까. 이원재 선생님, 요즘 학생들은 공부를 얼마나 해야 됩니까? 저와 선생님이 고등학생이던 20년 전과는 어떻게 달라졌는지 궁금해요. 학생들이 얼마나 많이 공부하고 있고 또 그런 것들이 얼마나 부담이 되고 있는지 수행평가는 어떻고 그런 것들 말입니다.

이원재   아까 사장님이 말씀하셨던 것처럼 저부터 사과를 좀 드리겠습니다. 사실 제가 오면서도 저희 아내에게 사과를 되게 많이 했거든요. 점심으로 까르보나라를 먹고 싶다고 그랬는데 제가 볶음 우동을 시켰어요. 근데 그게 너무 매워서 제대로 밥을 못먹었어요. 다시 한 번 미안합니다 여보. 아무튼 제가 요즘 아이들의 공부를 어떻게 하고 있나 그런 걸 말씀드리는 것보다, 지금 이 자리에 제가 가르쳤던 학생 중에 졸업생이 하나 와 있거든요. 저보다 먼저 책을 낸 건방진 학생입니다. (웃음) 《숨지 않아야 트이는 길》이라는 책을 쓴 신인 작가를 무대로 모셔서 이야기를 직접 한 번 들어보는 것도 좋겠습니다. 아, 저랑 좀 닮은 구석이 있긴 하지만 실제 딸은 아닙니다.

새인   방금 선생님께서 말씀을 꺼내시자마자 고개를 숙이고 시선을 피했는데 결국 부르셨네요. 안녕하세요. 방금 소개받은 대로 《숨지 않아야 트이는 길》이라는 책을 쓴 작가 새인이라고 합니다. 솔직히 말씀드리면, 저는 그렇게 공부를 열심히 하는 편이 아니었어서 부끄럽긴 합니다만, 제 주변 친구들에게서 본 걸 대신 말씀드릴게요. 학기 초반부터 수행평가가 시작되고, 수행평가가 끝나면 중간고사, 그게 끝나면 다시 수행평가, 이어서 기말고사. 1학년 때부터 그걸 반복하다 보면 이제 또 수능을 병행해서 준비해야 하고. 그러다 보니 대부분의 아이들이 새벽까지 공부해요. 저야 공부를 안 했으니 별 관계가 없었지만 옆에서 본 친구들은 참 불쌍하고 힘들어 보였어요. 거의 항상 시험 준비하고, 그리고 세특이라고 아까 선생님도 말씀하셨지만 교과별 세부능력 및 특기사항에 기록될 내용 챙겨야 된다고 항상 발표 준비하고, 영어로 뭐 쓰고 있고, PPT 만들고 있고. 늘 그래요. 근데 잘 모르겠어요 왜 그렇게까지 해야 하는지.

이원재 저 말이 정확한 표현이에요. 잘 모르겠다. 애들이 대부분 자기가 어디를 향해 달려가고 있는지 잘 몰라요. 특히나 여고 같은 경우는 알게 모르게 미묘한 경쟁 같은 것들이 굉장히 많아요. 요즘은 수능만으로 대학 가는 아이들 별로 없거든요. 내신 성적을 잘 받아야죠. 근데 이게 또 성적만으로는 안 됩니다. 생활기록부에 각 과목 선생님들이 얘는 수업 시간에 무슨 활동을 했고, 어떤 능력을 보여줬다고 잘 써주셔야 대학 갈 때 유리하거든요. 그러니 수행평가도 신경을 아니 오히려 신경을 더 많이 쓸 수밖에 없습니다. 그런데 그게 정기고사 그러니까 중간, 기말고사 직전 한 2주쯤에 몰려 있는 경우가 많아요.

새인   그때 잘못 몰리면 하루에 한두 시간 자는 일은 다반사죠.

이원재   지금 여기 앉아 계신 분들은 학력고사 보신 분들도 계신 것 같고 수능 보신 분도 계신 것 같지만, 들으시는 분들께서 공부하실 때보다 요즘 애들이 훨씬 힘듭니다. 정말 말도 안 되게 힘들어요. 그래서 아침에 걔네들을 보잖아요? 신나서 활기차게 학교 오는 게 아니고 그냥 좀 비처럼 출근합니다. 월요일 직장인들하고 별반 차이가 없어요. 터덜터덜 눈 감고 걸어온단 말이에요. 그러면 얘는 어제 수행평가가 몇 개 있었구나 아니면 오늘 몇 개 있구나 싶습니다. 불러다 물어보면 아니나 다를까 맞대요. 괜찮니, 물어보면 그럼 이제 쭉 자기 얘길 하죠. 선생님 저 어제 4시에 잤어요. 5시에 잤어요. 그렇게요. 흔한 일이니 놀랍지도 않아요. 그래 오늘은 무슨 과목인데, 그럼 수학 뭐가 있고요, 영어 발표 있고요. 하여튼 그런 고달픈 삶들을 살고 있습니다. 우리가 아이들의 재능과 특기를 살려 준다. 누구나 대학을 자기의 적성에 맞게 가게 한다. 그럴듯한 프로파간다를 가지고 교육 제도가 실시되는 경우가 많지만 그렇지만 아이들의 삶은 전보다 훨씬 빡빡해졌고 더 힘들어졌다고 제가 자신할 수 있습니다. 이 자리에 장학사님도 계신 것 같지만, 못 들은 걸로 해 주세요. (웃음)

김민섭 홍세화 선생님도 공부 엄청하시지 않았습니까? 고등학교 때 라떼는 더 했다, 이런 생각하고 계실 것도 같은데요.

홍세화 그렇지 않습니다. 물론 제가 다닌 학교가 좀 유별
난 학교여서 그때 소위 S대를 300명 이상 들어가는 학교
였긴 합니다. 그래서 그 학교에서는 고등학교 1학년 딱 되
니까 삼당사락이라고 딱 그러더라고요. 그 시대도 그랬어
요. 3시간 자면 붙고 4시간 자면 떨어진다 이런 얘기를 했
었으니까요. 근데 물론 저는 그러지 않았고 떨어져도 몇
번 떨어졌어도 이상하지 않았을 법합니다. 하루에 일고여
덟 시간씩은 항상 잤으니까요. 근데 그 대학에 떨어지지
는 않았고 아무튼 뭐 그렇습니다. 그러니까 아마 지금보
다는 확실히 좀 덜 공부한 게 확실한 것 같습니다.

김민섭 주무실 거 다 주무시고도 그 대학에 들어가셨다
는 선생님의 자기 자랑 잘 들었고요. (웃음) 이원재 선생님
은 그런 아이들을 보시면 어떤 마음이 드시나요.

이원재 그래서 사실 이렇게 평가를 해대는 게 무슨 의미일까 그런 생각들을 많이 해요. 그러니 저만이라도 수업 때 좀 헐렁하게 하자 싶은 생각으로 수행평가를 제출만 하면 만점을 받을 수 있게 설계를 많이 합니다. 애들은 조금 다르게 생각할지도 모르지만요. 다만 제가 국어를 가르치고 있다 보니 주로 글쓰기를 많이 시키긴 합니다. 그런 것들을 포트폴리오라는 그럴듯한 이름으로 평가 계획을 작성하고요. 가이드 라인에 맞게 쓰기만 하면 대체로 점수를 줍니다. 아까 들으신 장학사님 한 번 더 못 들은 걸로 해 주세요. (웃음) 물론, 제가 그 글들에 일일이 다 코멘트는 달아주죠. 때로는 편지를 써 주기도 하고요. 그렇지만 이런 몸부림들이 사실은 유리병 안에 있는 것 같은 그런 느낌도 좀 들어요. 아까 홍세화 선생님께서도 잠깐 말씀하셨지만 우리나라는 강력한 국가 주도의 교육을 하고 있죠. 교육 목표 그리고 교육의 내용, 평가의 방법까지 세세하게 문서로 규정돼 있어요. 그 안에서 선생님들은 나름대로 아이들의 여러 가지 모습을 꽃 피워주기 위해서 나름대로 재구성을 많이 하십니다만 한계에 부딪힐 때가 많습니다. 특히나 코로나 시대를 거치면서 학교를 구성하던 대부분의 것들이 정지되고 오직 온라인 강의만 남아 있을 때가 있었어요. 물론 일부 줌 같은 온라인 쌍방향 시스템을 활용해서 토의나 토론 수업을 진행하시는 훌륭한 분들도 많으셨지만 대부분의 선생님들은 그게 참 어려웠거든요. 그러면서 그 이후로 이런 아이들이 굉장히 많아졌어요. 학교에 왜 가야 되는지 모르겠어요, 선생님 제가 학교 가서 뭘 하면 좋을까요, 왜 가야 하는 걸까요. 이런 질문들을 많이 했거든요. 그런데 쉽게 답할 수가 없었습니다. 홍세화 선생님께 저도 묻고 싶습니다. 선생님 학교는 왜 다녀야 할까요, 아이들에게는 뭐라고 대답해 주면 좋을까요, 제가.

홍세화 학교 말고 다른 데 갈 곳이 없잖아요. (웃음) 이렇게 얘기를 해보죠. 제가 이런 말씀을 자주 하는데 한국의 교육, 파행이라고 해야 할지, 본질에서 많이 벗어나 엄청나게 왜곡됐다고 해야 할지, 이렇게 된 것에 대해 일제 강점기에 근대식 교육이 자리 잡혔는데 그것이 해방이 된 이후에도 분단과 전쟁으로 극복할 수 없었던 점을 우선 꼽습니다. 헌법 제1조가 말하듯 대한민국이 민주공화국이라면 대한민국 공교육의 일차적 소명은 국민을 민주공화국의 구성원, 즉 민주시민으로 육성하는 데 있습니다. 하지만 이 소명이 실종된 채로 지금에 이르렀어요. 한번 생각해봅시다. 일제강점기 35년을 보내고 마침내 해방이 됐고 민주공화국을 선언했어요. 그러면 새로 건설한 새 나라에서 어떤 교육을 어떻게 구성해서 새로운 시민을 육성할 것인지를 놓고 대대적인 토론이 필요했습니다. 그런데 그게 없었습니다. 전혀 없었고 오히려 일제부역세력이 분단상황을 타고 사회의 모든 부문에서 헤게모니를 장악하게 되었는데 교육 부문도 마찬가지였습니다. 그러다 보니 민주시민 교육은 이루어질 수 없었고 일제 강점기의 전체주의적 신민교육이 답습되었습니다. 여전히 학생들에게 교복을 강제로 입히고 있는 것, 학교의 구조가 병영의 구조를 띠고 있는 것, 운동장은 연병장에, 수위실은 위병소에, 조회대는 사열대에 일대일로 조응되는 것 말입니다.

　유럽에서도 군국주의 시절에는 학교가 병영처럼 존재했지만 이른바 자유민주주의 시대가 오면서 학교 구조도 바뀌었는데, 우리는 그런 변화가 없는 채로 세월을 보내다가 1990년을 전후하여 신자유주의가 교육계에도 침윤해 들어왔어요. 신민교육이 극복되지 않은 채 신자유주의가 얹히니 좀 심하게 말해 괴물과 같은 모습을 띠게 된 거죠. 그런 것 중의 하나가 학생들이 신민에서 시민이 되는 대신 고객, 소비자가 된 것입니다.

　저는 중고생 시절 교실에서 하품을 해도 선생님들한테 지적을 받았는데, 지금은 학생들이 교실에서 널브러지게 잠을 자는데 교사가 깨우지도 않아요. 제가 신민교육을 받았다면 지금 학생들과 학부모들은 고객이 된 겁니다. 우리보다 훨씬 자유분방한 유럽의 교실에서 학생이 내보란 듯이 잠을 잔다? 보기 어려운 광경입니다. 왜? 그들은 신민도 고객도 아닌 시민이고 시민에게는 자유와 권리를 누리는 만큼 시민으로서 책무성도 있기 때문입니다. 교사에 대한 기본적인 예의 때문에도 그럴 수 없는 것이지요. 지금의 학교들, 특히 인문계 고등학교는 제 눈에는 그저 등급 부여 서비스 센터로밖에 보이지 않습니다. 학생들에게 1등급부터 9등급까지 등급 매겨주는 서비스 센터요. 그래서 저는 마땅히 있어야 할 민주시민 교육의 부재가 앞서 나온 학폭 문제뿐만 아니라 사회 전반에 걸쳐 발생하고 있는 많은 문제들을 설명해줄 수 있다고 봅니다. 지난 정권에서는 민주시민 교육에 대한 모색이 그나마 있었는데 정권이 바뀌면서 다시 주변으로 밀려나고 있는 상황이네요. 처음 질문으로 돌아가 그렇다면 왜 학교에 가야 하나 라고 제게 거듭 묻는다면 친구를 사귀고 이원재 선생님 같은 분을 만날 수 있는 데가 그래도 학교이기 때문이라고 답하겠습니다.

김민섭   학교를 왜 가야 되느냐 여쭈었는데 답을 명쾌하게 해 주셨습니다. 학교는 시민이 되기 위해 가는 곳이군요.

지금의 학교가 거기에는 좀 많이 미치기가 어렵다는 말씀
도 해주셨고 그 연원에 대해서도 말씀을 해주셨습니다.

PART 4.

즉자적 자아에서

대자적 자아로

독서는 사람을 풍요롭게 하고
글쓰기는 사람을 정교하게 한다

<u>김민섭</u> 이원재 선생님은 학교에서의 글쓰기 교육을 무척 중요하게 생각하신다고 합니다. 제가 알기로는 홍세화 선생님도 학교에서의 글쓰기 교육을 지속적으로 강조하고 계시거든요. 그래서 이원재 선생님은 어떤 글쓰기 교육을 하고 계시는지, 그리고 그게 왜 중요하다고 생각하는지, 또 홍세화 선생님께 여쭙고 싶은 것도 있으실 것 같은데요. 어떠십니까?

<u>이원재</u> 저는 글쓰기를 수업 시간에 많이 하고 평가에도

꼭 글쓰기를 넣고 있습니다. 글을 쓴다는 건 자신과 과거를 돌아보고, 자신의 현재를 탐색하고, 그럼으로써 때로는 내면의 상처와도 화해하고, 결국 본인의 미래를 스스로 모색할 수 있는 그런 과정이라고 저는 생각하기 때문에 아이들한테 강요를 (웃음) 많이 하는 편입니다. 특히나 제 인생의 가장 큰 행운은 저희 아내를 만난 거긴 한데요, 또 다른 큰 행운이라면 학교에서 아이들과 함께 문학을 공부하고 있는 것입니다. 제 책을 읽어보신 분들은 아시겠지만 저는 원래 선생님이 되고자 하는 마음이 전혀 없었어요. 근데 우연히 제가 수능 시험을 치자마자 한 일주일 있다가 저희 집에 빨간 딱지가 붙게 됐습니다. 이른바 가압류라는 것이 들어왔는데요. 참 허무하더라고요. 공부도 되게 열심히 했고 성적도 잘 받았는데 말입니다. 그때 할머니랑 저만 집에 있었습니다. 정말 알뜰하게도 실어나가시더라고요. 옷가지며 장롱이며 정말 참 이렇게까지 하나, 그런 마음도 들었는데요. 그래서 이제 대학은커녕 생계를 걱정해야 할 판이라 어떻게 하나 이러면서 터덜터덜 밖으로 걸어

나오는데, 11월에 하늘이 굉장히 맑잖아요. 맑고 파랗습니다. 그 높고 파란 하늘을 고개를 들고 딱 쳐다봤는데 거짓말 같지만 어떤 시 한 편이 딱 떠올랐어요. 수능 언어 영역 문제집에서 본 시였습니다. 짧게 좀 읽어드릴게요.

겨울 나무와 바람
머리채 긴 바람들은 투명한 빨래처럼
진종일 가지 끝에 걸려
나무도 바람도
혼자가 아닌 게 된다

혼자는 아니다
누구도 혼자는 아니다
나도 아니다
실상 하늘 아래 외톨이로 서보는 날도
하늘만은 함께 있어 주지 않던가

김남조 시인의 〈설일〉이라는 작품입니다. 좀 전에,

30분 전까지만 해도 우리 집 곳곳에 빨간 딱지가 붙는 광경을 보면서 '이 세상은 이제 나를 버렸다. 나는 혼자다. 인생 막 살아야지.' 이런 마음을 갖고 있다가 이 시가 떠오르니까 '그럼 할 만하지 않을까. 결국은 세상 어느 시간 어느 장소에 있든 나는 혼자가 아닌 거니까.'라는 생각이 스몄습니다. 이 세상 누군가는 반드시 나를 생각해 줄 것이고 누군가 나를 도와줄 거라는 막연한 믿음이 생겼기 때문이었습니다. 그 이후로도 인생이 꺾이고 부러질 때마다 늘 문학으로부터 저는 힘을 받았습니다. 그래서 아이들에게 제가 늘 새학기에 처음 만나는 시간에 '문학은 예방주사다. 맞을 때 좀 따끔하고 재미없어도 언젠가 네가 인생에서 자빠지고 쓰러질 때 이게 백신으로 작용해서 너를 다시 일으켜 줄 거다. 죽지 않게 지켜줄 거다.'와 같은 이야기를 해 줍니다. 그런 측면에서 저는 학교에서 시민을 기른다는 것 역시 자기가 스스로의 정체성을 규정할 수 있는 사람이 되도록 하는 것이라고 생각을 하고, 거기에 필수적인 것이 글쓰기와 문학 공부라고 믿습니다. 홍세화 선생님께서는 우리 공교육에서 글쓰기와 문학 교육의 가치는 어떤 게 있다고 생각하시는지 여쭙고 싶습니다.

홍세화 그게 실상 국어 선생님이시니까 더 잘 알고 계실 거예요. 우리가 왜 국어 교육을 하는지 물으면 공동체의 일원으로서 말하기와 듣기 능력, 읽기와 쓰기 능력, 그 다음에 문학에 대한 이해력을 갖추기 위해서라고 말할 수 있습니다. 이는 제 얘기가 아니라 한국의 교육부에서 나온 국어 교육의 목적에 담겨 있는 내용입니다. 그렇다면 응당 학생들에게 말하기와 듣기, 읽고 쓰기를 잘하도록 해야 하는 건 당연한 요구인 거죠.

제가 자주 인용하는 말이 있습니다. 독서는 사람을 풍요롭게 하고 글쓰기는 사람을 정교하게 한다. 이 말은 진리입니다. 《레미제라블》의 작가 빅토르 위고는 "먹지 않는 육체가 메마르듯, 읽지 않는 정신은 메마른다."라고 했습니다만 독서가 사람을 풍요롭게 한다는 건 쉽게 이해할 수 있을 겁니다. 그러면 글쓰기가 왜 사람을 정교하게 할까요? 우리가 생각하는 존재라고 하지만 우리 생각은 거의 다 안개 속에 있는 것과 같습니다. 글쓰기를 통하여 자기 생각을 정리하고 되짚어보는 과정을 통해 선생님께서 말씀하신 것처럼 자기를 들여다볼 수 있습니다.

말하자면 즉자적 자아에서 대자적 자아로 나아갈 수 있게 해 준다는 점에서 글쓰기는 대단히 중요합니다. 문제는 한국의 학교와 교실에서는 이 중요한 글쓰기가 주변으로 밀려나 있다는 사실입니다. 제가 아는 프랑스의 예를 들어 대입 자격시험인 바칼로레아를 어떻게 볼까요? 거의 모두 글쓰기입니다. 프랑스는 글쓰기와 말하기로 시험을 봅니다. 시험관과 약 20분간 대화를 하는 거예요. 제2외국어도 말하기입니다. 학생의 문장력과 언어 구사 능력을 보는 겁니다. 우리는 어떤가요? 서열화된 대학에 조응해야 하니 문장력이나 언어 구사 능력보다 객관적 사실에 대한 숙지가 주를 이룹니다. '낙산낙수'(樂山樂水)가 아니라 '요산요수'(樂山樂水)로 읽을 줄도 알아야 하지만 그보다 더 중요한 게 사고력, 문장력, 언어구사력입니다. 그걸 제대로 평가하려면 학생들에게 실제로 글을 쓰게 하고 말을 하게 해야 하는데 그렇게 해서는 등급을 매길 수 없는 난관에 봉착합니다. 프랑스 바칼로레아 철학 문제를 이 자리에 빌어와 "인간의 욕망에는 한계가 없는가?"와 같은 논제로 학생들에게 글을 쓰게 했을 때, 너는 3등급, 너는 8등급 하는 식으로 평가할 수 있을까요? 그걸 누가 승복합니까? 모두 고객인데요! 그래서 토론과 글쓰기가 교실과 학교에서 밀려난 것이죠. 생각하는 교육이 사라진 겁니다. 국어를 비롯한 인문사회과학의 본령이 거기에 있는데 말이죠. 사람은 생각하는 존재인데 한국의 학교에는 생각하는 교육이 거의 없는 거예요.

학생들을 생각하도록 이끌기 위해 학생들이 필연적으로 해야 하는 게 글쓰기와 말하기 즉 토론입니다. 이 자리에 계신 청중 여러분 초중고 시절 학교 교실에서 글쓰기 하셨나요? 말하기 하셨나요? 거의 하지 않았습니다. 숙지하는 교육이 주를 이루었어요. 시간이 지나면 거의 잊고 말지요. 제가 자꾸만 부정적인 얘기만 하고 있네요….

김민섭 사실 그런 말 들으러 온 거니까요. 감사합니다. 사실 저는 글을 쓰는 일을 직업으로 10년 가까이 하고 있습니다. 그러면서 생각하는 건 글을 쓰는 것은 결국 자기 자신에게 물음표를 던지고 답해 나가는 과정이고 결국 그 과정을 통해서 한 인간이 정서적인 자립을 이룰 수 있다는 겁니다. 저는 중학생 시절부터 글쓰기를 했어요. 천리안이라는 PC통신에 글쓰기를 하면서 글쓰기를 처음 시작했고 고등학교 2학년 때 첫 책을 냈습니다. 지금 읽어보면 너무 부끄러워서 절판된 게 너무 다행인 그런 책인데요. 그런데 그렇게 글을 쓴다는 경험은 무엇을 주느냐고 하면 내가 나로서 존재하기 위해 무언가를 선택할 수 있는 힘을 길러준다고 저는 생각합니다.

무엇을 선택해야 이 사람보다 잘 될 것인가, 부모를 실망시키지 않을 것인가, 저 선생님에게 인정받을 것인가 그러한 게 선택의 기준이 되는 게 아니라, 나는 무엇을 선택했을 때 가장 어울리고 행복한 사람인가, 하는. 사람이 정서적인 자립을 이룰 수 있는 가장 좋은 방법이 제가 생각하기엔 글쓰기입니다. 저도 생각해 보니 학생 시절의 글쓰기란 초등학생 때 쓴 일기와 중고등학교 때 PC통신에 쓴 것 말고는 다른 기억이 별로 없습니다. 학생들에게 쓰기의 경험을 더 주는 교육이 필요하겠다 싶습니다.

홍세화 아까 잠깐 놓친 게 있는데 아까 이원재 선생님께서 학생들에게 글을 쓰게 하고 코멘트를 달아주고 하신다고 했잖아요. 프랑스의 프랑스어 교사는 그게 일상입니다.

이원재 제가 굉장히 국제적인 교육을 하고 있었군요. (웃음)

홍세화 그게 일상이에요. 그러니까 시험을 따로 보지 않습니다. 시험 기간이 따로 있지 않고요. 학교에서 교사의 일상이 그런 거예요. 학생들에게 글쓰기를 하게 하고 그 결과물을 다 걷어갑니다. 코멘트하고 다음 시간에 다시 노트 나눠주고 하는 것. 그게 대다수 프랑스 교사들의 일상입니다.

이원재 네 그런데 이게 뭐랄까, 해야 한다고 생각하는 일과 해야만 하는 일 사이에서 균형을 잡기가 그리 쉽지만은 않습니다. 지역의 큰 여자고등학교에서 근무할 때는 제가 수업을 담당하는 친구들이 한 적어도 한 200명에서 250명쯤 됐어요. 전교생이 1천 명이니까요. 그러면 그 아이들에게 과제를 내주고 그거 코멘트를 달아줄 생각을 하면 막막하죠. 한 번 하는 게 아니니까요. 우와, 이거 언제 다 읽고 쓰냐. 근데 이걸 안 쓸 수가 없는 게 처음에는 물론 자기를 내어 보이기 조금 어려워하는데 자기의 상처라든가 과거의 어떤 경험이라든가 이런 것들을 저만 본다고 했으니까, 그걸 믿고 솔직하게 내 보여준 그 마음에 진심으로 답하지 않을 수가 없었습니다. 그래서 그런 과정에서 저도 성장하게 되고 학생들도 함께 성장하게 되는 그런 값진 경험이 원동력이 되곤 했습니다.

자기에 대해 쓰는 일은 고등학생 쯤 되면 누구든지 할 수 있으니까 글쓰기 수업 시간에 조는 학생도 없고, 딴짓을 하는 학생도 없습니다. 제가 할 일은 글에서 잘된

점을 찾아주고 글을 쓰는 학생의 마음에 공감하는 태도로 읽고, 저의 감상을 꾸준히 써 주는 일입니다. 그렇게 그 아이들의 이야기를 듣고 나면 아이들 하나하나가 그렇게 애틋할 수가 없습니다. 좋아하던 사람에게 고백한 건 잘 됐는지, 편찮으신 아버지의 건강은 좀 괜찮으신지, 거울 볼 때마다 스트레스를 주던 여드름은 좀 가라앉았는지. 한명 한명의 이름을 부르며 그 고민과 삶에 대해 이야기 나누다 보면 교사와 학생 간의 바람직한 관계 형성이라는 말을 꺼낼 것도 없이 그와 저 사이에는 라포르♦가 젖과 꿀처럼 콸콸 흘러넘치게 됩니다. 자신과 세상에 대한 불신과 미움으로 스스로와 타인을 다치게 하는 일은 이것으로 대부분 예방이 될 것으로 생각합니다. 학교폭력, 자해, 자살, 약물 남용 등 학교 내의 각종 문제에 대처해야 하는 학생부장인 저에게 글쓰기는 아주 강력한 백신이 되는 셈입니다.

♦ **라포르(rapport)** 상호간에 신뢰하며, 감정적으로 친근감을 느끼는 인간관계.(교육학용어사전)

하지만 수업에서의 제 이런 시도는 대부분, 학생들을 서열화시키기 위한 객관적인(?) 평가와 대학 입시 앞에 멈추게 됩니다. 앞서 말씀드렸듯이 국어 교육의 영역은 크게 듣기, 말하기, 읽기, 쓰기로 구분됩니다. 듣기와 읽기는 이해의 영역, 말하기와 쓰기는 표현의 영역입니다. 홍세화 선생님의 말씀에 따르면 듣기와 읽기를 통해 풍부해진 생각은 말하기와 쓰기 즉 표현을 통해서 정교해질 수 있습니다. 이를 비교적 상세히 다루는 과목은 고등학교에서는 '화법과 작문'이 있습니다. 수능 선택 과목으로 지정되어 있다 보니 대부분 3학년 교육과정에 편성합니다. 하지만 그 시간에 토의나 토론을 하고, 글쓰기를 열심히들 하는 교실은 아마 몇 없으리라 생각합니다. 이제 코앞으로 다가온 수능 시험을 대비하기 위해 EBS 수능 연계 교재를 풀어야 하니까요. 수행평가 등을 통해서 글쓰기나 말하기를 하도록 하는 선생님들도 계시겠지만, 그나마도 입시에 반영되는 1학기 성적 산출이 끝나면 고등학교 3학년 교실에서는 어떤 것도 제대로 작동하지 않습니다. 그동안의 입시 전쟁에 지쳐버린 아이들에게 나를 성찰하기 위한 글쓰기를 하자고 말하는 것은 힘 없는 정의도 정의라고 외치는 것과 같은 무력감을 교사에 던져주기 십상입니다.

평가 기준을 상세화해서 글쓰기나 말하기를 평가하고자 해도, 서술형 평가가 아니라 어쨌든 평가의 결과를 점수로 내야 하니까 글의 내용 자체보다 형식이나 요구 조건의 충족 여부에 더 초점을 맞추게 됩니다. 평가자의 주관적 경향을 문제 삼아 민원을 제기하면 그것에 답변하기가 쉽지 않기 때문에 서술, 논술 평가를 시도하는 것에 더욱 소극적이게 됩니다. 저는 그래서 글쓰기를 수행 평가로 편성은 하되 평가 기준에만 충족되면 점수를 주는 것으로 하고 학생 변별은 결국 정기고사-중간, 기말고사-를 통하는 편법을 사용했습니다.

홍세화 선생님께서 종종 '시어질 때까지 수염을 풀풀 날리는 척탄병이고 싶다.'는 말씀을 하셨습니다. 저 역시 작금의 학교 현장에 폭탄을 던져서 터뜨려 버리고 싶은 부분들이 많습니다. 오컴의 면도날처럼, 고르디우스의 매듭처럼 말입니다. 학교 현장의 문제는 차근차근 풀어가기에는 너무도 복잡하게 여러 가지가 얽혀있기 때문입니다. 예를 하나 들어 볼까요. 요즘 학생들이 교복 대신 체육복이나 때로는 사복을 입고 등교하는 모습을 많이 보셨을 것 같습니다. 예전엔 교문에서 등교할 때 복장을 단속하고 혼도 많이 내고 그랬던 광경도 기억하실 겁니다. 하지만 요즘은 그렇지 않습니다. 학교생활규정이라는 것이 모든 현상을 다 규정할 수 있는 것도 아닐뿐더러, 아이들에게 예전처럼 지도를 했다가는 교사의 신변에 문제가 생길 만큼의 어려움을 겪을 수도 있습니다. 언론을 통해서 사례를 많이 보셨을 테니 굳이 나열할 필요는 없을 것 같습니다. 그러다보니 규칙을 온전히 그 표현 그대로 지도하는 일이 무척 어려워졌습니다. 학교 일도 바쁜데 그런 사소한 것으로 아이들과 싸우다 보면 아무것도 못 하게 되니까요. 의도적으로 교복을 입지 않는 아이들 말고, 급격하게 성장하는 바람에 예전에 입던 교복을 못 입게 되는 경우도 많습니다. 옛날엔 그런 건 모르겠고 사비로 교복을 다 새로 사곤 했었지요. 안 그러면 혼이 나니까요. 그러나 요즘은 그런 방식을 강요할 수 있는 사회적인 분위기가 아닙니다.

그럼 아예 교복을 없애면 되지 않냐고요? 그럼 수많은 교복 업자들은 무엇을 먹고 살겠습니까. 요즘은 많은 교육청에서 학생들에게 교복을 무상으로 제공합니다. 세금으로 교복 산업을 지탱하고 있다고 봐도 무방하겠네요. 학교에서 교복을 없애자고 하면 그 교복 업자들과 기업들이 학교를 가만히 놔둘까요? 80년대처럼 누군가가 일방적으로 강력하게 밀어부치지 않으면 아마 불가능하리라 봅니다.

학교의 일이란 건 대개 이렇게 복잡해서 해결책을 단순히 내놓을 수 있는 일들이 별로 없습니다. 게다가 사회에서 무슨 사건이 발생하면 2차적으로 학교에 책임을 돌리지요. 청소년 마약 문제가 발생하면 법을 제정해서 학교에서 의무교육을 해라. 큰 안전 사고가 발생하면 학교에서 안전 교육을 해라. 인터넷 불법 도박 사건이 일어났으니 학교에서 도박 예방 교육을 해라. 학생들이 배워야 할 교과 외에 법정 의무교육이라는 것이 연간 백 수십 시간이 되는 건 알고 계십니까. 무엇이든 다 하라는 건, 아무것도 하지 말라는 것과 별반 다름이 없습니다. 특히 행정기관으로서의 성격도 가진 학교에서 무엇을 했다는 것은 문서로 근거가 남아있다는 뜻입니다. 문서가 없으면, 실제로 했어도 한 것이 아닙니다. 그렇기 때문에 선생님들은 학교에서 수업을 준비하고 아이들과 소통해야 하는 시간에 무언가를 했다고 증빙하기 위해 각종 계획과 문서를 생산해 내고 있습니다. 제가 폭탄을 던지고 싶은 지점이 바로 거기입니다. 내가 아이들을 가르치기 위한 교사인지, 문서 작업을 하는 행정직 공무원인지 모르겠다는 자조적인 이야기들은 이제 너무 만연해서 작은 쓴웃음조차도 불러일으키지 못하는 상황이 되었습니다.

여러분은 어떨 때 책을 읽으십니까. 가끔, 어떨 때 글을 쓰고 싶어지십니까. 전화가 빗발칠 때, 와자지껄하게 여러 사람이 각자의 목소리로 떠들 때? 해야 할 일이 분

단위로 밀려들 때? 정반대의 순간 아닌가요. 하던 일이 일 단락되어 틈새에 조금 여유가 생겼을 때. 점심을 먹고 잠깐 쉬는 시간에. 잠들기 전 기분이 착 가라앉았는데 이대로 자기는 아쉬울 때. 그렇게 여백이 생겼을 때가 아니던가요. 학교도 좀 그렇게 되었으면 좋겠습니다. 그저 많은 것을 얻으라고, 그걸로 친구와의 경쟁에서 승리하라고, 내일을 위해 오늘을 희생하라고 끝없이 몰아붙이지 않았으면 좋겠습니다. 거기에 저는 폭탄을 던져 아무런 할 일이 없게끔 만들어두고, 오직 학교에서는 쓰고 말하고 듣고 읽는 일에 집중하도록 하고 싶습니다. 그곳에서는 아마 이런 고민을 함께 나눌 동료 교사들도 더 많아져 있을 것만 같습니다.

　　무슨 운동 경기든 초반에 너무 스퍼트를 내면 후반에 결국 고꾸라지고 맙니다. 우리 인생도 그렇지 않습니까? 인생의 초반기에 너무 많이 애를 쓰고 나니, 대학에 가선 의미를 찾기 힘들고 그저 다음 목표인 취업시장에서의 승리를 위해 달립니다. 그 결과 우리 사회가 얻은 것은 무엇입니까. 나처럼 그렇게 힘든 경쟁 속으로 내 자식을 몰아넣고 싶지 않아 아이를 낳지 않거나 아예 결혼을 하지 않습니다. 우울증과 자살이 이렇게 만연한 시기가 우리 역사에 있었습니까. 아무리 세상이 변하고 삶의 여건이 달라져도 결국 자신을 지탱하고, 자신의 세상에 대해 의미를 규정하는 것은 자기 자신일 수밖에 없습니다. 수능 관련 문제집을 풀 시간에, 짜맞추기용 수행 평가를 할 시간에, 학원에서 밤을 새고 학교에서 모자란 잠을 보충할 시간에, 각종 억지 의무교육을 들을 시간에 자신의 언어로 글을 쓰고 친구와 이야기할 수 있었으면 좋겠습니다. 그래서 자기의 존재를 명확히 인식하고, 자신을 둘러싼 세상의 옳고 그름을 생각할 줄 알고, 여러 가지로 배제된 이들의 이야기를 들을 줄 아는 사람. 그러니까 주체성, 비판성, 연대성을 가진 민주시민으로 길러내는 일을 지속하고 싶습니다.

PART 5.

좋은 어른이란
자신이 미완의 존재임을
인정하는 데서부터

우리가 가는 길이 어려운 게 아니라
어려운 길이므로 우리가 가야 한다

김민섭 저희끼리 1시간 정도 이야기하고 30분 정도는 오늘 와주신 분들과 대담을 진행하려고 했는데요. 아직 할 이야기들이 남았는데 시간이 벌써 다 됐습니다. 대관 시간이 정해져 있으니, 이제 마지막으로 나누고픈 주제를 가져와야겠습니다. 어떤 어른이 되어야 하는가. 그래서 제가 두 분에게 마지막 질문을 하나씩 좀 드리겠습니다. 어른이란 무엇인가, 어떠한 사람을 어른이라고 할 수 있는가. 학교에서뿐만 아니더라도요.

홍세화 선생님의 말씀을 먼저 듣고 이어서 이원재

선생님 말씀을 들어본 후에 청중과의 대담으로 넘어가도록 하겠습니다. 사회를 보니까 좋네요. 물어만 봐도 되니까요. (웃음) 홍세화 선생님 먼저 말씀 부탁드립니다.

홍세화 어떤 어른이 될 것인가? 저는 우선 꼰대가 되고 싶지 않아요. 그런 말이 있잖아요. 나이 들어 꼰대가 되지 않으려면 입은 닫고 주머니는 열라는. 제 경우 주머니 사정이 풍요롭지 못하니 더욱 입을 닫아야 할 것 같기도 하네요. 한국에서 어른이라고 하면 완성된 존재랄까 그런 게 전제되어 있는 게 아닌가 싶기도 한데, 그런 의미의 어른은 되고 싶지 않아요. 끝없는 변화, 성숙이 필요하다고 보기 때문이지요.

굳이 어른이 되어야 하는가, 라고 할 때 자기 변화, 자기 성숙의 여지를 항상 염두에 두어야겠지요. 그것은 두말할 것도 없이 나의 현존재가 미완이라는 점을 인정하는 데서 그 가능성이 열릴 것입니다. 왜냐하면 스피노자가 일찍이 말했듯 우리는 현존재를 고집하는 경향을 갖고 있기 때문이죠. 누구나 알고 있듯이 사람이 변하지 않는 것은 생각의 성질이 고집이라는 점에서 비롯됩니다. 제 부족한 생각으로 말씀드리자면 스스로 미완의 존재임을 의지로 붙들어야만 해요. 우리가 죽는 순간까지 완성된 존재일 수 없다면 자신의 잘못된 점, 부족한 점에 대한 부단한 성찰을 통해 수정하거나 보충해가는 그런 긴장을 유지하는 게 필수적이라고 보는 것이지요. 아침마다 거울을 보면서 옷매무새를 살피고 외출하듯이 자신의 내면을 바라보는 거울과 함께 살아가는 사람, 그런 자세가 참된 어른이 되고자 하는 사람에게는 반드시 필요하다고 생각합니다.

이원재 저도 아직 어리기 때문에 어른이 뭐냐 이렇게 얘기를 하면 제가 드릴 특별한 답변은 없는 것 같고요. 다만 제가 직업이 교사니까 아이들에 비해서 상대적으로 나이를 좀 더 먹은 사람으로서 좀 범위를 좁혀서 생각한다면 다음에 오는 세대들에게 제가 길을 알려준다거나 앞으로 뭐가 필요할지 만들어준다거나 이래서는 안 된다고 저는 생각합니다. 분초 단위로 급격하게 변화해가는 세상 속에서 저의 경험에 바탕한 그런 조언들은 그들의 인생에는 전혀 소용이 없을 수도 있으니까요. 그래서 결국은 그들에게 줄 수 있는 작은 것은 스스로 귀하게 여기는 마음, 나는 할 수 있다고 스스로를 믿어주고 아끼는 그런 마음을 가질 수 있게끔, 계속 끝까지 괜찮다고 이야기해주고 지지해주는 사람이어야 한다고 생각합니다.

제가 즐겨 쓰는 말이 있는데요 학생을 어깨로 만나지 말고 가슴으로 만나야 한다는 말을 후배 선생님들께 많이 합니다. 교무실에서 일하고 있다 보면 애들이 저의 측면에서 다가온단 말이에요. 그럴 때 아이를 쳐다보지 않고 귓등으로 듣고 대답을 하는 건 인간에 대한 예의가 아니라고 생각합니다. 그러니까 누구든 내게 다가와서 말을 걸면 어깨로 만나는 게 아니라 몸을 그쪽으로 돌려서 인간 대 인간으로 존중하면서 이야기를 해 나가는 그런 태도가 교사에게는 특히 필요합니다. 그러한 태도를 통해 학생의 마음속에 '나는 존중받을 수 있는 사람이구나.'라는 마음이 생긴다고 저는 생각합니다. 그래서 그런 것이 학생들을 만나는 어른의 역할이어야 하지 않나 저는 그렇게 생각합니다.

김민섭 두 작가님과 대담을 1시간 정도 진행을 했습니다. 저는 중간에 껴서 참 행복했습니다. 모든 말들이 참 좋아서요. 오늘 오신 분들 중에 선생님들도 계실 것이고 학부모님들도 계실 것이고, 학생들도 보이고 하는데요, 누구든 질문이나 하고 싶은 말씀이 있으시면 편히 해 주시면 좋겠습니다.

청중(김준성) 안녕하십니까. 저는 강릉 독서 모인 이음 소속으로 참여한 김준성이라고 합니다. 홍세화 선생님 책을 읽고 나서 똘레랑스, 관용, 인내라고 하는 개념이 정말로 우리 현재의 대한민국에서 굉장히 중요하다고 생각하게 되었습니다. 특히나 우리 사회가 굉장히 다변화되고 있는 와중에서는 더욱더 말입니다. 하지만 지금 대한민국에서는 인종이든 계층이든 좌든 우든 위든 아래든 갈라치기하고 싸우고 갈등하는 모습을 정말로 많이 볼 수 있거든요. 그런데 그 현상이라고 하는 게 굉장히 많이 걱정이 되고 특히나 요즘같이 사람들과의 소통이 부족한 아이들에게는 이런 정신을 우리가 길러주기가 더욱 어렵지 않을까, 생각하게 됩니다. 선생님께서도 잠깐 말씀을 해 주셨지만 우리가 학부모나 어른으로서 우리 학생들에게 관용의 태도를 어떻게 구체적으로 가르쳐주고 그러한 인격을 함양시켜줄 수 있는지, 그런 부분에 대한 조금 더 구체적인 답변을 부탁드립니다.

홍세화　하루 아침에 똘레랑스라는 가치가 사회에 안착하거나 성숙하거나 하기는 불가능한 일입니다. 그래서 학교를 비롯해 지역사회나 시민사회의 다양한 프로그램을 통하여 부단히 공유하는 과정이 필요하다고 봅니다. 저의 《나는 빠리의 택시운전사》가 출판된 해가 1995년이었는데 유네스코가 바로 그 해를 "똘레랑스의 해"로 정하기도 했습니다. 그 가치의 중요성을 공식적으로 표방했던 것이지요. 이 가치가 학교와 교실에서, 가정과 지역을 비롯한 시민사회와 공공 미디어에서 강조되어야 할 텐데 정치현실이 보여주듯이 상대를 인정한 바탕에서 근본을 따지고 토론하면서 합의를 이루어 가는 게 아니라 양 갈래 극단으로 갈라진 사회 상황에서 똘레랑스는 설 자리가 없는 것이죠. 더욱이 새 정부 들어선 뒤 남북관계를 비롯해 노동문제, 교육문제, 이주민문제 등 정치, 경제 할 것 없이 모든 면에서 똘레랑스의 가치와는 정반대의 길로 치닫고 있습니다.

그러면 우리는 어떻게 할 것이냐? 그래도 모색하고 실천에 옮겨야죠. 어려운 상황이기에 더욱 열심히 할 수밖에 없다는 것입니다. 제가 잘 인용하곤 하는 말들이 있는데 그건 실상 저 자신에게 하는 말이기도 합니다. 가령 볼테르의 말이 있습니다. "광신자들이 열성을 보이는 것도 수치스러운 일이지만 지혜로운 사람이 열성을 보이지 않는 것 또한 수치스러운 일이다." 또 그람시가 인용한 로맹롤랑의 말도 있습니다. "이성으로 비관하더라도 의지로 낙관하라."《고도를 기다리며》의 사뮈엘 베케트의 말도 있습니다. "실패하라, 실패하라, 조금 더 낫게 실패하라." 그리고 제가 자주 하는 "우리가 가는 길이 어려운 게 아니라, 어려운 길이므로 우리가 가야 한다."는 말도 있습니다. 실제로 세상은 갈수록 비관적입니다. 인간이 이성적 동물이라고 하지만 어느 동물이 전쟁을 벌이나요? 지금도 전쟁을 벌이고 있는 인간은 언제 전쟁 행위를 멈출까요? 기후정의 얘기를 하고 있는데 전쟁을 하는 인간이 기후위기를 극복할 수 있을까요? 이런 비관적 전망 앞에서도 끝내 포기하지 않고 냉소하지도 않으며 모색하고 참여하고 실천하는 것, 그것이 우리에게 주어진 숙명과도 같은 과제일 것입니다.

김민섭　선생님이 많이 어려운 길이라고 말씀하셨는데, 사람들이 잘 모르긴 하지만 선생님께서 활동을 하고 있는 게 또 많이 있으십니다. '소박한 자유인'이라든지 장발장 은행이라든지 아마 오늘 처음 듣는 분들이 많으실 텐데 요. 선생님께서는 그 어려운 길을 어떻게든 조금씩 나아 가고 있는 사람이라고 저는 그렇게 생각합니다. 선생님이 하고 계신 어떤 작은 시민 활동들, 작다고 하기는 좀 그렇 지만 소박하다고 이름을 지으셨으니까 그것에 대해서 설 명해 주시는 것도 많이 도움이 될 것 같고 또 오늘 가입하 는 분도 계시지 않을까요.

홍세화 글쎄요. 장발장은행에 대해선 많이들 알고 계실 거예요. 이런저런 잘못을 저질러 국가로부터 벌금형을 받 는 동시대인들이 있는데 형편이 어려워 벌금을 못내면 교 도소에 갇혀 자유를 빼앗깁니다. 강제노역을 하도록 되어 있는데 노역 거리가 없어서 실제로는 그저 감옥에 갇혀 시간이 흘러가기를 기다려야 할 뿐입니다. 이렇게 자유를 빼앗기는 값이 하루에 10만 원입니다. 그래서 200만 원 벌금형을 받은 분이 벌금을 못 내면 20일 동안 갇히게 되는데 그런 분이 일년에 3만5천 명 가량 됩니다. 10년 전에는 4만5천 명 정도였는데 최근에는 팬데믹의 영향 등으로 조금 줄었습니다. 형편이 안돼 벌금을 못 내는데 그렇다고 몸으로 때울 수도 없는 분들이 있습니다. 가족 중에 돌봐야 할 어르신이 있거나 어린 아이가 있는 경우가 그렇습니다. 장발장은행은 그런 분들의 신청을 받아 이자나 담보 없이 또 신용조회 없이 벌금을 빌려주는 은행입니다.

은행 문을 연 지 8년이 지났는데 지금까지 1,160여 분에게 약 20억 원을 빌려줘 감옥에 가지 않게 할 수 있었습니다. 재원은 순전히 시민들의 성금으로 이루어지는데 지금까지 약 1만4천의 개인, 성당, 교회, 학교, 단체가 참여해 주셨어요. 각박한 세상이라고 하지만 그래도 곳곳에 따뜻한 마음들이 있습니다. 제가 가장 자랑스럽게 여기는 명함이 장발장은행장 명함인데요, 거의 틀림없이 세계에서 가장 가난한 은행장일 겁니다. 한편 장발장은행의 목표는 빨리 문을 닫는 것입니다. 그러자면 유럽의 대부분의 나라들처럼 벌금형 제도를 재산, 소득과 연동시키는 일수벌금제로 바꿔야 합니다. 우리는 부자나 가난한 사람이나 똑같이 매기는 총액 벌금제를 시행하고 있습니다. 학교 선생님들과 학부모님들도 관심을 가져주시면 좋겠고 이 문제를 놓고 학생들과 토론하는 시간을 가지면 참 좋겠네요.

제가 대표로 있는 '소박한 자유인'은 책을 같이 읽고 토론하고 가능한대로 시민사회 활동도 함께 하는 시민 모임입니다. 한 달에 한 권을 정해 함께 읽고 토론하고 화성외국인보호소 같은 곳을 방문한다든지 사회 활동을 하기도 하는 소박한 시민 모임입니다.

<u>김민섭</u>   저도 '소박한 자유인' 회원인데요. 선생님 댁에 처음 놀러 갔을 때 가입 원서를 주시더라고요. 이거 가입 안 하면 집에서 못 나가겠구나 싶어서 가입을 했고요. (웃음) 살짝 궁금한 게 있는데 또 오늘 안 여쭤보면 못 여쭤볼 것 같아서 말입니다. 장발장은행이 생각보다 가난하지 않네요. 자산 규모가 20억쯤 된다고 하시니까요. 원금 회수는

좀 되고 있는지 궁금해서요.

홍세화   아 그 회수율이란 게 한 30%는 넘고 40%는 좀 안 되는 3분의 1 정도됩니다. 그래도 지금 돈을 빌려가신 760여 명 중에 몇 퍼센트는 일부라도 갚고 있고, 270명 쯤. 지금 정확하게는 기억이 안 나지만 지금까지 1,160명 정도에게 빌려드렸는데 그중에 2백 7~80명 정도는 완납 하셨습니다. 그게 궁금하셨군요.

김민섭   네, 많이 궁금했습니다. 아마 다 궁금했을 겁니다. 완납되면 안 되는 은행 같기도 해서요.

홍세화   맞아요. 네 그러니까요.

김민섭   청중들 중에서 질문이 혹시 있으실까요? 동시에 드셨는데요. 저기.

청중('소박한 자유인' 회원) 안녕하세요. 저는 '소박한 자유인' 회원이고 서울에서 강원도까지 공부하러 왔습니다. 제가 드리고 싶은 질문은 이원재 선생님께입니다. 선생님이 학교에 계속 계셨으니까 지금 이주호 교육부 장관이 계속 엄벌주의를 얘기하고 있는 것을 아실 겁니다. 근데 이명박 정권 때도 한 번 엄벌주의를 지향했음에도 학폭 예방이 잘되지 않았습니다. 그럼에도 지금 다시 엄벌주의를 언급하고 있습니다. 또 학교에서 벌어지는 폭력 중에 스쿨 미투가 또 있습니다. 이에 대한 교육부와 교육청의 대처라는 게 굉장히 안이하고 또 무지한 태도를 보이더라고요. 그런 사람들이 과연 뭔가 달라질 수 있을까 이런 갑갑함이 드는데, 만약에 선생님께서 교육부 장관이 되거나 아니면 현 대통령이 선생님께 교육계의 권한 대행을 시켜주겠다 하면 뭐부터 바꾸고 싶으신지 여쭤보고 싶고요.

또, 실제적 권력 그러니까 정부나 교육부에서 굉장한 혁신을 해내지 못한다면, 시민사회에서는 현재에 대한 대안 모델을 어떻게 확산시켜서 궁극적으로 학폭이 일어나지 않도록 할 수 있을까, 이 두 가지를 여쭤보고 싶습니다.

이원재 질문을 다시 정리를 해보자면, 첫 번째 질문은 제가 만약 교육부 장관 대행이 되면 뭐부터 바꾸겠느냐하는 거죠. 어차피 가정이니까 그냥 이렇게 큰 그림을 말씀을 드려볼게요. 일단 우리나라에 있는 모든 대학들을 싹 다 합쳐서 n분의 1로 나누고 싶습니다. 그래서 특정 대학 출신이라서 자동으로 주어지는 어떤 사회적인 특권, 직업에서 오는 임금 간 격차 이런 사회적으로 내재되어 있는 문제들을 한 방에 터뜨리고 저는 이민을 가겠습니다. (웃음) 그렇게 터뜨려 놓으면 대한민국에서 살 수 없을 것 같아요. 폭탄 테러를 당할 것도 같고 그렇습니다. 그러면 입시 제도도 당연히 달라지겠죠. 대학의 이름값이 아니라 내가 하고 싶은 공부를 할 수 있는 곳을 찾아가면 되는 거니까요. 그럼 사회에서도 어떤 대학 출신자가 아니라 지금 여기에서 필요로 하는 능력을 갖춘 사람을 찾게 될 테고요. 희망사항입니다만, 등급을 나눌 필요도 없고 그래서 우리 아이들이 새벽잠을 줄여 가면서 입시를 위한 수행평가와 공부를 할할 필요 없는 그런 사회를 만들면 좋겠습니다.

두 번째 질문은 시민사회나 고등학교에서 어떻게 해야 학폭을 근본적으로 해결할 수 있는 모델을 만들고 확산시킬 수 있는가였죠. 그에 대한 제 개인적인 견해를 말씀을 드리자면, 지난주에 제가 이제 애들을 모둠별로 이렇게 앉혀놓고 심리학 실험에 대한 토의를 시켜봤습니다. 제가 국어교사지만 학교에서 심리학 수업도 담당합니다. 불합리한 권위에 복종하는 스탠리 밀그램의 심리학 실험에 대해서 너희들끼리 자유롭게 얘기를 해봐라, 이렇게 던져놨어요. 교실을 돌면서 이렇게 보고 있는데 어떤 여학생이 이래요. 미치겠다고. 2시간 연달아 토의를 하는데 결론이 안 나서 나는 미치겠다. 근데 그 앞에 앉아 있던 또 다른 여학생은 '왜, 난 이야기하는 거 자체가 재밌는데. 이런 얘기 하는 게 너랑 나랑 진짜 내 마음 같지 않구나 싶어.' 이런 얘기를 하더라고요. 저는 이 지점에서 질문해주신 것에 대한 답을 일부 찾을 수 있지 않나 생각합니다.

물론 잘못에 대한 처벌도 필요하겠죠. 근데 저는 개인적으로는 이렇게 가는 건 그냥 갈등을 심화시킬 뿐 문제의 근본적인 해결은 안 된다고 생각하거든요. 문제의 근본은 결국은 만나서 얘기해 보면 별거 아닐 수 있고, 너랑 나랑 이 현상에 대한 견해가 다를 뿐인데 서로를 인지하지 못하고 인정하지 않는 그런 데서 이런 갈등이 더 심화된다고 생각하기 때문에, 결국은 교실에서 해야 될 바라고 저는 생각합니다. 여러 사람들이 자기 나름대로 살아온 세월이 있고 스스로를 당장 변화시키기는 어려울 겁니다. 결국은 제일 가소성이 큰, 잘 변화하고 또 가장 사회정의가 실현될 거라고 굳게 믿는 그 아이들부터 서로의 다름을 인정할 수 있게끔, 그것이 존재한다는 것을 알게끔 그렇게 가르쳐야 하는 것이 이 사회의 서로에 대한 인정 그리고 그 첨예한 갈등을 줄여나갈 수 있는 그런 근본적이고 제일 확실한 방법이라고 저는 생각합니다.

청중(강릉 시민)   저는 강릉 시민이고 한 20년 학원 강사로 수학을 가르친 선생님입니다. 전체적으로 오늘 해 주신 말씀들에 대해서 충분히 공감할 수 있는데 한 가지 딱 받아들이기 힘든 부분이 좀 있어서 여쭤보려고 합니다. 글쓰기가 매우 중요하고 반드시 필요하다, 이렇게 말씀하셨어요. 근데 학생들 중에는 글쓰기 교육을 전혀 받아들이고 싶지 않은 학생들도 있을 테고, 글쓰기 교육의 필요성에 대해 선생님의 말씀을 들으면 공감해서 해볼까 하는 학생도 있을 테고, 원래부터 좋아하는 학생도 있을 테고 참 다양할 것 같거든요.

이원재   네 그렇습니다.

청중(강릉 시민)   다양한 학생들에게 일률적으로 글쓰기 교육을 강요한다고 아까 강요라는 표현을 쓰셨는데, 그런 것이 과연 맞는 것인가. 학교는 또 자기 자유와 관계없이 시민이 되기 위해서 다녀야만 되는 공간이잖아요. 학원은 수학 공부를 하라고 엄마가 얘기할 때 나가는 거긴 하지만. 그러니까 학생들마다 서로 다른 차이를 인정하면서 개별적으로 공부를 시키거든요. 근데 원래 갖고 있는 재능과 출발점이 다 다른 학생들에게 똑같은 방식의 글쓰기 교육을 강요하는 것이 과연 의미가 있는지, 그 문제들을 어떻게 해결할 수 있는지 여쭙고 싶습니다.

이원재 솔직히 말씀드리면 글쓰기 교육을 강요하고 있습니다. (웃음) 강요하고 있는데 아마도 그 부분보다, 아이들이 갖고 있는 재능과 흥미가 다 다른데 이걸 평가에 반영하는 게 합당한 것이냐, 차별적으로 작용하지 않겠느냐 하는 부분에서 문제를 제기하시는 것으로 생각이 됩니다. 결론부터 말씀드리면 글쓰기를 가지고 상대평가를 하지 않으면 됩니다. 너는 애보다 글을 잘 썼어. 그렇기 때문에 높은 점수를 준다. 이러면 말입니다. 근데 그 아이가 원래부터 글쓰기를 좋아하고 재능이 있는 아이였다면, 제게 과제로 제출한 그 글은 그럼 저와 함께했던 수업의 결과라고만 볼 수는 없는 거잖아요. 또한 내용의 측면에서가 아니라 수업 시간에 학습하고 배운 내용, 예컨대 비교 대조의 방식을 활용한다든지, 공감각적 심상을 활용해서 글을 쓴다든지 하는 것들을 평가 기준으로 구성하면 출발점의 차이는 크게 작용하지 않을 수 있습니다.

<u>김민섭</u> 절대평가를 해도 어떤 아이들은 100점 만점으로 20점 30점이 나올 거 아닙니까. 그런 점수는 안 주시나요.

<u>이원재</u> 평가 기준에 맞으면 거의 대부분 점수를 좋게 줍니다. 만점을 주거나요. 충실하게 해서 내기만 하면. 왜냐하면, 저는 그들의 글 속의 소재가 된 삶의 경험에 대해서 평가할 자격은 없다고 생각하거든요. 다만 그 아이가 솔직하게 고백했고 그것에 대해서 자기는 어떻게 생각하는지, 그것이 자기에게 어떤 영향을 줬는지만 나오면 그 부

분에 대해 제가 감히 점수화할 수 없다고 생각합니다. 물론 이제 그걸 적절한 공문서로 만지는 것은 경력에서 나오는 스킬입니다만. 그래서 제가 답변이 될지 모르겠습니다만, 상대평가를 하지 않으면 아이들은 저마다 자기의 얘기로 자기 점수를 받아갈 수 있다는 것이 답이 될 수 있을 듯합니다. 물론, 수필 쓰기에 주로 더 관련된 이야기인데, 설명문을 쓰든, 논설문을 쓰든 그에 합당한 기준에 부합한다면 그걸 굳이 상대평가로 서열을 나눌 건 아닌 것이죠.

홍세화　제가 우리 이원재 선생님 말씀에 한 가지 좀 보태고 싶은 게 있는데요. 그거는 글쓰기를 한국에서는 잘 하지 않기 때문에 우선 학생들이 어렵게 생각하는 거라고 생각합니다. 워낙 안 하고 있기 때문에, 너무 안 했기 때문에 어려워하는 것이죠. 그렇지만 글쓰기는 너무나 당연히 해야 하는 것으로 자리 잡혀야 됩니다. 자기 의사를 표현할 줄 알아야 하고 그게 말뿐만 아니라 글로도 해야 되는 것이고, 그러니까 너무나 당연한 교육적 요구인 거라고 생각해요. 글을 왜 어렵게 생각할까. 결국 안 썼기 때문입니다. 쓰면 쓸수록 익숙해지고 익숙해지면 나중에는 왜 나한테 암기를 시켜요 나 암기하기 싫어요. 나 글쓰기 할래요. 이렇게 되는 것이죠. 우리는 이제 거꾸로잖아요. 지금 학생들에게 글쓰기 하라면 나 글쓰기 안 할래요, 나 그냥 암기시키세요. 이렇게 되는 것에 더 익숙해져 있다고 저는 봅니다. 그런데 본령은 둘 다 해야 되는 것이죠. 공자님 말씀대로 학이불사즉망(學而不思卽罔)입니다. 배우기만 하고 생각하지 않으면 얻는 게 없다. 속된 표현으로 말짱 꽝인 거예요. 공부시간은 세계 최장인데 인문학적 소양은 뒤떨어져 있는 이유가 다른 데 있지 않습니다. 우리는 학이(學而)만 있고 사(思)는 적으니 망했다. 글쓰기 교육이 바로 생각하는 교육인데 그런 점을 덧붙여 말씀드리고 싶습니다.

김민섭 이제 시간이 거의 돼서요. 한 분 정도만 더 질문을 받겠습니다.

청중(학부모) 고1 딸을 둔 아버지입니다. 오늘 세 분이 말씀하신 내용들을 요약해 보자면, 학교폭력이 여전히 학교 현장에서는 일어나고 있지만 그 대책의 방향성에는 문제가 있다. 어른들 역시 사과를 하려 하지 않는 문화가 만연해 있다. 대한민국 전반이 그렇다. 이렇게 느껴졌습니다. 개인적으로 이런 모든 근본적인 원인 중에 하나를 저는 학교에 다니는 아이들이 분노에 차 있어서 그렇다고 생각하거든요. 애들이 학교에서 분노에 가득 찬 상태로 졸업을 하니까 사회도 자연스레 분노가 만연한 사회가 되는 것이죠. 근데 애들이 분노에 차 있는 이유는 바쁘기 때문이라고 생각을 합니다. 저희 딸 같은 경우에도 이번에 여고에 입학했는데 1학년 4월달인데도 수행평가를 하고 시험 준비를 하고 이런 모습을 보니까 참 안타까웠습니다. 할 게 워낙 많으니 수행평가를 제가 좀 도와주다 보니까 과제 난이도가 너무 높더라고요. 그걸 보고 저도 화가 났습니다. 아이들이 이렇게 화가 나니까 주변 아이들과 싸우고 때리고 괴롭히고 또 그걸 반성할 여유가 없게 되는

악순환에 빠지는 것 같았습니다.

대체 학교는 왜 그렇게 아이들을 바쁘게 바쁘게 돌릴 수밖에 없는 건지에 대해서도 궁금합니다만, 또 이 원재 선생님께서 학교에서 하시는 활동들을 보면 어렴풋이 그 해답이 떠오르기도 합니다. 만약에 제가 선생님 학교의 학생이라면, 아침에 호떡을 구워주고, 어묵 삶아주고, 가슴으로 대화를 하는 선생님에게 아이들이 어떻게 분노를 일으킬까, 분노가 올라오다가도 뭐 같이 먹다 보면 분노가 사그러질 것 같거든요.

아무튼 정리를 하자면 대체 아이들이 언제까지 이렇게 바쁘고 힘든 이런 생활에 노출되어야 하는지에 대해서 좀 의견을 듣고 싶습니다.

이원재 언제까지냐고 물으신다면 솔직한 대답은 잘 모르겠다, 입니다만, 정확한 시점은 몰라도 아마 우리나라의 모든 대학을 폭파시켜서 n분의 1로 나누지 않는 한은 끝까지 그렇게 지속될 거라고 저는 봅니다. (웃음) 이 질문에 관해 제가 거꾸로 질문을 드리고 싶은 것도 생기네요. 과연 우리 어른들은 아이들이 쉬고 싶다고 할 때 혹은 자퇴하고 싶다고 할 때 휴학하고 싶다고 할 때 그걸 받아들일 수 있는 용기가 있는가에 대한 의문이 좀 들었습니다. 비오는 주말에 우리가 여기 모여서 좀 더 나은 삶에 대해 고민하고 이야기 나누고 있지만, 우리가 진짜 아이들에게 화내지 않고 그들에게 똘레랑스를 실천할 수 있는가 하는 질문인 셈이죠.

최근에 《최재천의 공부》라는 책을 내신 이화여대 최재천 교수님이 '이 미친 열차에서 다 같이 뛰어내려야 하지 않나.' 이런 말씀을 하셨습니다. 그러지 않는 한 참 어렵겠죠. 실제로 자퇴를 하고자 하는 아이들이 굉장히 많아요. 진짜 굉장히라고 하면 좀 와닿지 않으시겠지만 내일 수행평가 3개 있는 애들은 아침에 일어나면 다 나 자퇴해야지 이렇게 생각해요. 그렇게 생각을 할 텐데 어른들도 막연한 두려움이 있는 것이죠. 실패를 잘 용납하지 않는 사회에서 '우리 애가 실패자가 되면 어떡하지.' 이런 마음들 때문에 되게 어려워하시는데요. 그 마음이 언제 이제 꺾이느냐. 애가 다쳤을 때 꺾입니다. 자해하는 아이들, 자살 시도를 하는 아이들 그 앞에서는 그 어떤 실패라는 이름도 힘을 잃어버리게 되죠. '내 새끼를 잃을 뻔했구나. 큰일날 뻔했네.' 그럼 그제서야 이제 내 새끼를 있는 그대로 받아들이시기 시작합니다.

제가 학교에서 아이들하고 먹을 걸 나눠 먹고 하는 것도 결국 공부는 둘째예요. 인간을 살려놓고 봐야죠. 그래서 그 인간이 스스로 좀 살아갈 수 있게끔 힘을 길러 줘야 하는데 일단은 선생님들도 죽겠어요.

제가 이 책 쓴 이유 중에 하나도 그것입니다. 선생님들 좀 가만히 좀 놔뒀으면 좋겠어요. 사회에서 교사 집단이나 학교에 대해 언뜻 보면 우호적인 것 같이 보시지만 뭐 하나 걸리면 진짜 이건 좀 속된 표현이긴 한데 찢어 죽일 것처럼 막 그렇게 하시잖아요. 선생님들도 학교에서 진짜 고군분투하고 있거든요. 저 뒤에 저희 학교 후배 선생님들이 오셔서 앉아 계신데요. 진짜 엘리트들이에요.

뭐 하나 일하면 진짜 끝내주게 하시고요. 아이들하고도 너무너무 잘 지내시고요. 근데 개인 시간이 별로 없어요. 뭐든지 다 잘하려고 하고 또 잘 해내니까요. 근데 그러다 보면 또 번아웃이 오고요. 사회에서는 그걸 인정해주지 않고요. 악순환에 빠져 있죠. 선생님들도 학생들도 무지무지 어려워요. 그래서 늘 교육청에서 뭔가 이제 같이 사업을 하거나 업무상으로 교류를 하거나 소통하거나 할 때 제발 이런 거 좀 그만 좀 두시라고 우리도 열심히 하고 있으니까 적당히 좀 해 주시라고 이런 말씀을 '속으로만' 하고 있습니다. (웃음)

하여튼 그렇습니다. 그래서 학교에 대한 관심과 사랑을 많이 보여주시지만 학교의 선생님들께 잔소리보다 응원을 좀 더 많이 해 주시면 학교가 조금 더 좋아지지 않을까 싶습니다. 결국 그 열매는 아이들한테 가니까요. 그래서 좀 너그러운 마음으로 응원을 해 주십사 하는 그런 마음, 그리고 후배와 동료 선생님들께 지금 충분히 잘 하고 계시니까 우리 같이 힘내자는 말씀을 전해드리고자 이 책을 썼습니다.

김민섭 이원재 선생님의 말씀을 듣고 많은 선생님들이 위로를 받으셨을 것 같다는 생각을 했습니다. 저희 아버지도 고등학교 수학 선생님으로 퇴직하셨어요. 근데 아버지가 제 학교 통지서에 가정 의견란에 항상 이렇게 적으셨던 게 기억납니다. 가정은 학교를 믿습니다. 많이 혼내주십시오. 정말 저는 몇 년 내내 그걸 보면서 자라왔거든요. 그래서 제 아이의 1학년 첫 통지서에도 적었습니다. 저희는 학교를 믿습니다. 저희 아이를 잘 부탁드립니다. 이렇게 말입니다. 그런 마음들이 모여 학교를 긍정적으로 변화시키지 않을까 싶네요. 이제 정말 끝날 시간이 다가왔습니다. 저는 아까 말씀드렸던 것처럼 제가 가장 존경하는 어른과 가장 좋아하는 친구 사이에서 많이 행복했고요. 여러분도 뭔가 얻어가는 것들이 있으시리라고 믿습니다. 미완의 존재로서 좋은 어른의 길을 함께 고민합시다.

에필로그

　　대담집의 원고를 손보던 중 서울 서이초등학교에서 젊은, 아니 어린 후배 선생님이 자신의 교실에서 스스로 생을 마감하는 너무나도 슬픈 일이 있었습니다. 제가 2018년에 함께 공부했던 여고 3학년들이 그 선생님보다 꼭 1년 후배입니다. 소식을 듣고는 심란해서 저녁 늦게 초등학교에서 근무하는, 참 아꼈던 학생이자 이제는 후배 교사인 두 사람에게 커피 기프티콘을 보냈습니다. '힘든 일이 있으면 혼자 끙끙거리지 말고 꼭 학년부장에게 말해라, 관리자들에게도 말하고. 정 안되면 나에게라도 이야기하라'고 말했습니다. 그리고 우리 '살아서' 오래 가자고도 말입니다. 동료 교사인 친구들과는 '공무원 연금 재원이 모자란다더니, 진짜인 모양이라고, 교육 당국과 짜고 우리의 평균 수명을 깎아먹자고 단단히 마음먹은 모양'이라고 자조섞인 이야기를 주고 받았습니다.

누군가를 가르치는 일은 원래가 어렵습니다. 10년 경력이 넘은 국어교사인 저도 여섯 살배기 제 딸에게 한글을 가르치려다 크게 성질을 몇 번 낸 후에야 저의 모자람을 인정하고 동네 공부방으로 보냈습니다. 지금은 고맙게도 척척 잘 읽고 잘 씁니다. 학교에서 받아쓰기 시험을 봐도 몇 개 틀리지 않습니다. 공부방에 보낸 지 며칠 만에 한글을 다 떼고 온 걸 보면서 이게 무슨 기적인가 했습니다. 성함도 기억하지 못하는 공부방 선생님이 무슨 조화를 부리셨나 싶었습니다. 무언가를 알아듣고 있는지, 이해하고 있는지, 그 과정이 즐거운지는 자세히 보지 않으면 알 수 없습니다. 연애할 때를 생각해보면 쉽습니다. 그의 행동, 말투, 표정 뿐만 아니라 그가 보내는 메시지의 문장 부호에마저 의미를 부여하고 해석해야 겨우 상대의 마음 한 자락을 짐작할 수 있을 따름이지요.

저마다 성향과 성장 배경과 마음과 성장의 정도가 다른 수십 명의 아이들을 이해하고 품어주고 이끌어주는 일. 아니 이끌어주는 정도까지가 아니라 같이 가고자 하는 것만으로도 교사들은 몸과 마음을 모두 동원해 아이들을 대할 수밖에 없게끔 됩니다. 너의 가슴 속을 알기 위해 내 가슴도 열어야만 하니 교사들은 늘 자신의 가장 약하고 치명적인 부분을 밖에다가 드러내놓고 있는 셈입니다. 자연히 그곳으로 향하는 외부의 자극들은 교사들의 영혼에도 생채기를 내기 십상입니다. 학교 밖 세상에서 교사들을 순진하다, 유약하다, 사기를 잘 당한다고 표현하는 것은 아마 그러한 연유에서 비롯될 것입니다.

그러면서도 교사들은 나의 말 한 마디가, 눈빛 하나가 아이들의 미래에 끼칠 영향을 생각합니다. 교육과 관련이 없는 것처럼 보이는 수많은 잡무와 행정업무. 여느 회사와 크게 다를 것 없는 직장 생활. 노동 강도에 비해 낮은 급여. 과거의 학교가 남겨 놓은 그릇된 고정관념과 부정적인 유산들로 말미암은 근거 없는 비난과 날선 시선에의 노출. 그리고 내 자식이 경쟁에서 승리하기를, 타인보다 무조건 앞서길 바라는 학부모들의 무리한 요구에도 그저 감내하면서, 다른 취미를 찾아 스트레스를 풀어 가면서, 그리고 내가 내 하고 싶은 대로 하면 우리 아이들에게 혹여나 안 좋은 영향을 미칠까 걱정하면서 모든 일을 완벽하게 잘 해내려고 애씁니다. 하지만 아시다시피 그 무엇도 내 마음처럼 내 마음에 우호적이지 않습니다. 아마 서이초의 그 선생님 역시 그 무게를 홀로 감당하기 어려웠던 것이겠지요. 그 마음을 나눠 가졌어야 할 선배 교사로서 미리 그러지 못한 것을 반성하고 사과합니다.

우리 사회는 왜 이렇게 화가 나 있을까요. 내 마음 같지 않거나 내가 조금만 손해를 볼 것 같으면 남의 마음은 어찌되어도 상관이 없는 것일까요. 어릴 적 도덕 시간에 당연하다고 배웠던 것들이 영화 〈트루먼 쇼〉에서 그랬던 것처럼 다 나를 속이려고 짜여진 각본인가 싶은 마음마저 드는 요즘입니다. 대체 기후위기에, 전쟁에, 평범한 이들의 삶이 급격히 무너져 내리는 세상이 정말 영화에서나 보던 디스토피아라는 것이 지금 시점에 도래하려는 것만 같아서 너무 겁이 나기도 합니다.

그러나 우리는 이런 세상에서도 일단 살아야 합니다. 우리가 만들고 살아가고 변화시켜가는 이 세상에서, 우리의 학생들과 아이들은 우리보다 더 오랜 세월을 이 세상에서 살아가야만 합니다. 우리의 아이들은 무척이나 위태로워 보입니다. 경쟁에서의 패배는 곧 죽음이라고 내모는 사회. 호시탐탐 아이들을 노리는 인터넷 불법 도박

과 약물. 생각하는 힘을 앗아가는 무분별하고 자극적인 미디어. 이런 것들에 노출되어 자신이 아픈 줄도 모르고 살다가 키만 훌쩍 자라버린 어른들이 만들 사회는 지금보다는 더 어두울 것 같습니다.

무언가 바람직하게 드라마틱하게 바뀌었으면 좋겠지만, 지금 당장 이 세계와 그 거대한 흐름을 바꾸어낼 힘이 어떻게 일개 교사에게 있겠습니까. 하지만 역설적으로 미래의 가능성을 바라보고 걸어가는 우리야말로 세상에 내일의 희망을 심는 사람이라고 생각합니다. 그리고 그 희망을 심는 일은 내가 오늘 만날 아이들의 일상을 지키고, 그 마음을 읽고자 하는 노력일 거라 생각합니다. 절망에 빠진 이들이 다시 일어날 수 있게 하는 것은 멋들어진 문장이나 격언이기보다는, 내가 어렵고 방황할 때 말없이 잡아주던 그 손의 온기와 부드러운 눈빛 그리고 진심어린 말 한마디일 것입니다.

정호승 시인의 '수선화에게'의 한 구절을 생각합니다. '외로우니까 사람이다.' 역시 같은 시인의 다른 시 '봄길'도 함께 생각합니다. '스스로 길이 되어 걸어가는 사람이 있다.' 지금 당장 결과를 확인할 수 없는 길, 맞는지 확신할 수 없는 길을 걸어가는 것은 스스로 길을 만드는 일이며 원래 외로운 길입니다. 원래. 하지만 그것을 홀로 가는 것은 너무도 가혹하며 죽음과 맞닿은 길일 수도 있다는 것을 우리는 작금의 현실을 보며 절감합니다. 그러니 선생님들! 지나친 사명감은 내려놓읍시다. 그저 일상을 버티며 내가 할 수 있는 일을 합시다. 가다가 힘들면 쉬었다가 갑시다. 같은 일을 하고 같은 마음을 가진 이들끼리 지친 어깨를 서로 기대면서요. 홀아비 마음은 과부가 안다는 옛말이 있습니다. 아무리 사람들이 우리를 위로해도 진짜 사정을 우리만큼 잘 알겠습니까. 이러한 연대와 공감과 위로는 우리를 바라보는 아이들의 마음 속에도 측은지심과 수오지심을 일깨워줄 것입니다. 그리고 그들 역시 힘들 땐 결국 사람끼리 기대야 한다는 것을 배우게 될 것입니다.

제가 《체육복을 읽는 아침》이라는 책을 쓴 것도, 그걸 가지고 여기저기 다니며 어쭙잖게 까불고 있는 가장 큰 이유 중 하나는 동료들과 후배 선생님들께 응원의 마음을 전하기 위해서였습니다. '나같이 모자란 사람도 그럭저럭 학교에서 선생님으로 살아가고 있으니, 기죽지 말고, 힘내시라고. 당신 너무너무 잘 하고 있고, 당신의 아이들에게는 당신이 하늘 같은 사람이라고. 그러니 같이 살면서 이 길을 함께 걸으시자'고 말입니다. 그래야, 당신 역시 교사는 어떤 어른이 될지 끊임없이 고민하는 사람으로 살 수 있을 테니까요.

이래저래 말이 길었습니다만, 그러실 수 있도록 저도 저를 잘 돌보면서 온라인이든 오프라인이든, 만나든 만나지 않든 이 글을 읽으시는 당신을 응원하겠습니다.

마음 하나 젖지 않을 우산을 펴 드릴 수 있도록요.

이원재

홍세화 선생님을
보내며

사실 이 글은 세월호 10주기가 되던 날 첫머리를 떼었습니다. 홍세화 선생님께서 입원 치료 중이시던 녹색병원에 다녀온 벗으로부터 선생님께 남은 날이 많지 않으시다는 소식을 듣고서였습니다. 저마다의 색으로 피어났을 삼백여 개의 세상과 이별했던 날, 또 한 분의 세상과도 이별을 앞두고 있다고 생각하니 몇 자 적지 않을 수 없었습니다. 오늘은 그로부터 3일이 지난 4월 18일 목요일. 홍세화 선생님께서 세상을 떠나신 날입니다.

대학교에 입학하자마자 《나는 빠리의 택시운전사》라는 책을 과방에서 보았습니다. 역사책이나 정치 교과서에서 보던 '망명'이라는 단어가 선생님의 삶에는 여전히 실체를 갖고 있는 단어라는 데 놀랐습니다. 사실 그 책보다도 선생님을 더 자세히 알게 된 것은 한 시사주간 지를 정기구독하면서였습니다. 몇 푼의 벌금이 없어서 어쩔 수 없이 노역을 선택해야 하는 딱한 처지에 있는 사람들을 위해 돈을 빌려주는 장발장 은행의 은행장을 맡고 계시다는 소식을 꾸준히 접하면서였지요. '똘레랑스(관용)'라는 말을 한국 사회에 가지고 오신 분다윘습니다.

그리고 2023년, 많이 모자란 책을 한 권 처음으로 출판하게 된 제게 분에 넘치는 행운처럼 선생님과의 대담 시간이 찾아왔습니다. 우리는 어떤 어른이 되어야 하냐는 물음에 선생님은 당신의 평생에서 한결같이 실천해 오신 이야기들을 자분자분 들려주셨습니다. 그것은 앞서 살아온 사람으로서의 당위적인 조언이나 충고라기보다는, 오래된 벗에게 나무 그늘 밑에 앉아 들려주는 다정한 이야기 같았습니다. 듣는 이를 존중함은 물론이고 청중들의 날이 선 질문에도 정중하게 답하시던 모습이 '어른이란 저런 모습이어야 하는구나.'를 느끼게 했습니다. 소년처럼 수줍게 앉아 계시다가도 저같이 새파랗게 어리고 경험도 적은 청년의 말조차 정말 진지하게 귀 기울여 주시고 숙고해서 대답하시는 모습을 통해 '어른'이란 건, '존중'이라는 말을 평소에 실천할 수 있는 사람일 거라는 나름의 결론을 내린 날이기도 했습니다.

'지행합일(知行合一)'이라는 어려운 말을 실천하고 사셨으니 선생님의 다른 이름은 군자, 또는 선비라고 해도 괜찮겠습니다. 그런 분을 보내드리자니 법정 스님이나 김수환 추기경께서 돌아가셨을 때와도 비슷한 감정이 듭니다. 아마 모르긴 몰라도 사회 여기저기에서 이 시대에 몇 없는 존경하는 어른이 돌아가셨다며 수많은 이야기들이 돌아다닐 것 같습니다. 점점 더 희망을 찾아보기 힘든 사회가 되어간다며 절망에 물든 이야기를 할지도 모르겠습니다. 그러나, 적어도 제게는 선생님의 죽음이 그러한 절 망으로는 다가오지 않습니다.

지난 겨울, 가족들과 함께 홍콩으로 여행을 다녀 왔었습니다. 혹시라도 지하철을 애용한다는 슈퍼스타 주 윤발 '따거'를 만날 수 있지 않을까 하는 기대가 제일 컸 습니다. 여명과 장만옥이 함께 듣던 노래, 유덕화와 오천 련이 손을 잡고 달리던 길, 여기저기서 쿵푸 수련을 하고 있는 주성치와 오맹달, 스테이크를 썰고 있는 양조위와 장 만옥까지. 중학교 시절을 아련한 홍콩 밤거리의 주황 불 빛과 같이 물들였던 홍콩 영화들의 이미지 그리고 좁은 땅에서 필연적으로 만나고 헤어지는 사람들의 아련한 이 야기들과 함께요.

하지만 직접 가서 본 홍콩은 지난 시절의 영화들 속에서와 같이 낭만적이지만은 않았습니다. 건물들이 낡 아가고 있는 것만큼이나 홍콩 사람들의 삶은 급속하게 디

지털화된 것 같았습니다. 오죽하면 '거지도 QR코드로 동냥을 받는다'는 우스갯소리가 들릴 만큼 말입니다. 옥토퍼스 카드라는 것이 있어서 버스나 지하철을 탈 때도, 상점에서 물건을 살 때도, 특정 시설에 이용료를 낼 때도 대화할 필요 없이 카드만 갖다 대면 만사가 오케이입니다. 그러므로 그곳에서 만난 누구와도 굳이 이야기를 나눌 필요가 없습니다. 그러니까 이 여행은 유명하다는 곳에 가서 사진을 찍고, 누군가가 가서 먹어보았다는 음식점을 인터넷에서 찾아서 나도 똑같이 먹는데 지나지 않게 되어버린 것입니다. 그래서인지 홍콩을 걷는 동안 이 시가 여러 번 떠올랐습니다.

가는 햇볕에 공기에
익는 벼에
눈부신 것 천지인데,

그런데

아, 들판이 적막하다 –

메뚜기가 없다!

오 이 불길한 고요 –

생명의 황금고리가 끊어졌느니……

— 정현종, 「들판이 적막하다」

여행지에 가서 사람과 사람을 만나는 일이 없는 대신 어딜 가나 전자 화폐로 볼일을 해결하게 되면, 언어가 필요 없어질 것이고, 언어가 필요 없어지면 문화의 고유성도 사라져갈 것입니다. 그리하여 온 세상 사람들의 삶도 다 엇비슷한 모양이 될 것이라는데 생각이 이르렀습니다. 같은 얼굴을 하고 같은 방식의 삶을 사는 사람들로 가득 찬 세상이라면 우리의 삶 그 자체도 AI에 대체되어 버릴지도 모른다는 공포감이 엄습했습니다.

그렇다고 제가 전자 화폐 사용 폐지 운동을 벌일 일도 아니고, 이 몰개성의 흐름에 개인의 개체성을 지키기 위해 제가 할 수 있는 일이 무엇인지는 그리 길게 생각하지 않아도 떠올릴 수 있었습니다. 그것은 제가 가르치는 아이들에게 글쓰기를 많이 시키는 것이었습니다. 홍세화 선생님을 대담 자리에서 처음 뵈었고 나이 차이도 많이 나지만 선생님과 감히 나는 비슷한 결을 가진 사람이라고 확신했던 이유는 글쓰기에 대한 생각 때문이었습니다. 책 읽기는 사람을 풍부하게 하고 글쓰기는 사람을 정교하게 한다는 말씀이 정확히 제 생각과 일치했습니다.

저는 수업 시간에 글쓰기를 참 많이 시킵니다. 학기 초에 교과서에 수록된 지문과 삶을 연결하고 성찰할 수 있는 글쓰기 주제를 찾으려고 많이 고민합니다. 올해 제가 아이들에게 내줄 주제는 이런 것들입니다. 내 삶에 영향을 미친 변화와 그로부터 느낀 것들. 내 인생의 책 소개하기. 나를 행복하게 만드는 것들. 신축 공사 때문에 엉망이 되어버린 우리 학교 공간의 문제점을 해결하는 글쓰기. 제가 담당하는 2학년 학생이 96명인데 과제를 제출받을 때마다 모든 아이들의 글에 잘된 점, 인상적인 표현과 방법 뿐만 아니라 글에 대한 저의 감상을 담아 일일이 답글을 달아 줍니다. 검사를 마치고 피드백이 담긴 노트를 다시 돌려주면, 분명히 선생님 혼자만 읽으셔야 된다고 거듭 확인했던 아이들이 서로의 노트를 돌려보면서 웃기도 울기도 합니다. 그렇게 하나하나의 글을 읽고 다시 바라보는 아이들은 결코 우주의 누구와도 같지 않은 하나의 별로 제게 다시 떠오릅니다.

가족처럼 친하게 지내는 교장선생님 한 분과 저녁 식사를 할 때였습니다. 그 연세가 되셔도 늘 아이들을 중심으로 생각하시고, 현실에 지치지 않는 낙관을 가진 분이라 롤모델로 삼고 존경하는 분입니다. 앞선 공화국 시절 폭압적인 권력에 맞서 교원노조 설립을 주도하시고 노조가 자리매김하는데 지역에서 큰 역할을 하신 분이기도 합니다. 그런데 저녁을 드시던 그 분이 "세상에서 희망을 찾기가 참 어려워졌어. 뒤에 올 세대에 희망이 있을까?"라고 말씀하셨습니다. 선뜻 무어라고 대답하기에 앞서 저는 제가 가르치고 있는 아이들과의 교실 풍경이 먼저 떠올랐습니다.

아이들의 글 속에는 참 여러 가지 것들이 들어 있습니다. 세상을 밝게 빛나게 하라고 아버지가 지어주신 이름에 부끄럽지 않게 살겠다는 다짐. 어머니가 암에 걸리셨을 때를 생각하며 사랑하는 이들과의 순간순간을 귀하게 여기면서 살아야겠다는 작지만 큰 깨달음. 내 이야기를 진지하게 들어주고 가만히 손잡아 주던 친구처럼 자기 역시 힘들어하는 친구의 곁에 머물러 주겠다는 마음. 불의한 것들에 대한 분노. 사소하고 아름다운 것들에 대한 사랑.

홍세화 선생님께서 말씀하셨던 배제된 이들에 대한 따뜻한 관심과 사랑. 외롭지만 자유로운 인생에 대한 긍정. 그리고 이 사회를 함께 살아가는 이들과의 연대. 이 모든 것들이 아이들의 글 속에 들어있습니다. 그 속에서 아이들은 자신을 확인하고, 자신의 곁에 있는 이들을 느끼고, 자신이 살아갈 미래를 희망으로 그립니다. 그러한 아이들 앞에서 세상을 조금 더 안다고 하여 섣불리 절망을 이야기하지 않는 것. 그들이 펼쳐갈 미래에 다만 응원을 보내는 것. 그리고 함께 서 있어 주는 것. 저는 그것이 교사로서 홍세화 선생님께서 유지로 남겨주신 '겸손'이라는 가치를 실천하는 삶이라고 느낍니다. 그래서 저는 확신을 갖고 교장선생님께 이렇게 말씀드렸습니다.

"교장선생님. 희망은 아직 가득합니다. 그 희망은 우리 아이들과, 교실에 있습니다."

김민섭 작가님과 제가 함께 즐겨보는 만화 중에

《킹덤》이라는 작품이 있습니다. 춘추전국시대 말 진나라의 통일을 다룬 작품입니다. 주인공은 장군이 되고자 하는 고아 소년인데, 그 소년이 롤모델로 삼는 왕기라는 장군이 죽기 직전 주인공에게 자신이 평생 애용했던 창을 물려주는 장면이 나옵니다. 자신이 이루지 못한 꿈을 넘겨줌과 동시에 새로운 시대에 희망을 띄워보내는 명장면입니다. 선생님께 저희 역시 그러한 것을 하나 물려받은 느낌입니다. 다만 남을 해쳐 자신의 뜻한 바를 이루는 창이 아니라, 스스로를 가다듬을 마음 속 지표입니다.

제겐 앞으로 교직 생활이 한 20년쯤 남았습니다. 정년 전에 그만두지 않는다면, 제가 만날 아이들이 적어도 몇천 명은 될 겁니다. 그들 곁에 겸손하게 남아 함께 희망을 써 내려갈 제 삶에 대한 기대와 책임감이 들어찹니다. 이렇게 씨앗을 뿌리고 가신 선생님께 감사의 말씀을 드려야만 하겠습니다. 그래서, 선생님과의 이별은 절망이 아니라 희망인 것입니다. 선생님의 유지가 바람을 타고 멀리멀리 날아가 여러분들의 가슴 속에도 가만히 내려앉아 민들레 꽃 한 송이 피워드리길 기원합니다. 아! 선생님께서 시어질 때까지 수염 풀풀 날리는 척탄병이고 싶다고 하셨으니 그 마음, 아마 여러분께 확실히 닿겠군요!

이원재